Peter Lemar
Michael Fischer-Art

Die Geschichte von Reiner Zufall

agenda

Peter Lemar
Michael Fischer-Art

Die Geschichte von Reiner Zufall

Eine ganz und gar ko(s)mische Geschichte

agenda Verlag
Münster
2020

Bibliografische Information der Deutschen Nationalbibliothek

Die Deutsche Nationalbibliothek verzeichnet diese
Publikation in der deutschen Nationalbibliografie;
detaillierte bibliografische Daten sind im Internet unter
http://dnb.dnb.de abrufbar.

© 2020 agenda Verlag GmbH & Co. KG
Drubbel 4, D-48143 Münster
Tel. +49-(0)251/79 96 10
info@agenda.de | www.agenda.de

Druck und Bindung: TOTEM, Inowroclaw, Polen

ISBN 978-3-89688-665-1

Irgendwo im Nirgendwo, in einer Sackgasse des sichtbaren Universums am Rande der Milchstraße, wohnte einmal ein ganz außergewöhnlicher Junge namens Reiner auf einem klitzekleinen Stern, der so winzig war, dass man ihn selbst mit den allergrößten Fernrohren übersehen konnte. Er lebte dort im Abendland, in einem Land, das als Land der Dichter und Denker bezeichnet wurde, weil Goethe und Nietzsche von dort stammten. Sein Vater jedoch war nur ein einfacher Glaser und seine Mutter, die nebenbei Putzen ging, arbeitete als Telefonistin bei der Telecom. Oder war es Vodafone? Jedenfalls bei einem Konzern, der die Telefon- und Internetanschlüsse der Nachfahren von Goethe und Nietzsche verwaltete. Alle zusammen hießen sie Zufall.

Reiner hatte aber noch einen Bruder, der nicht Zufall hieß. Das lag daran, dass Klaus – so hieß er – zwar dieselbe Mutter hatte, aber einen anderen Vater, weswegen er nur ein Halbbruder war. Klaus war schon drei Jahre vor Reiner da und hieß mit Nachnamen Fehler. Durch ihn konnte Reiner eine Menge lernen. Aber fangen wir ganz von vorne an.

Reiner wird geboren

Dass Reiner überhaupt geboren wurde, ist ein riesengroßer Zufall. Denn normalerweise wäre er gar nicht geboren worden. Warum? Ganz einfach! Weil das nur dem Umstand zu verdanken ist, dass der Glaser genau zum richtigen Zeitpunkt die Eizelle der Putze befruchtete. Übrigens auf eine ziemlich abenteuerliche Weise, was jedoch an dieser Stelle nicht von

Belang ist. Wichtig ist nur, dass es eine Samenzelle tatsächlich schaffte, die Eizelle rechtzeitig zu erreichen und sich mit ihr zu verbinden. Nur eine einzige Samenzelle von insgesamt 300 Millionen! Das sind viel mehr als Amerika Einwohner hat. Noch dazu war es von Reiners Standpunkt aus gesehen genau die richtige, die zur richtigen Zeit am richtigen Ort war. Denn wäre es eine andere gewesen, dann hätte Reiner das Nachsehen gehabt und wäre jemand anderes oder sogar jemand ganz anderes geworden. Selbst wenn die Samenzelle des Glasers nur eine Millisekunde später die Eizelle der Putze erreicht hätte, wäre alles ganz anders gekommen. Dann könnte ich mir die Worte sparen. Es gäbe keinen Reiner und demzufolge nichts über ihn zu berichten. Keine Geschichte, kein Buch. Es sei denn, ich würde eine Geschichte über einen anderen Zufall schreiben. Über einen, der nicht Reiner heißt oder über einen, der zwar Reiner heißt, der aber mit dem Reiner aus dieser Geschichte nichts, aber auch gar nichts zu tun hat. Ganz zu schweigen von dem Reiner, der nicht geboren wurde, und der vielleicht irgendwann noch die Chance oder das Pech hat – je nachdem, wie man es sieht – geboren zu werden. Aber das stünde auf einem ganz anderen Blatt und ist hier nicht von Bedeutung. Also zurück zu unserem Reiner.

Als er geboren wurde, erweckte er zunächst den Eindruck, ein ganz normales Baby zu sein, was jedoch nicht stimmte. Denn schon nach einer Woche, die er auf der Welt war, entwickelte er eine höchst sonderbare Angewohnheit. Immer dann, wenn er Hunger oder Durst hatte oder wenn er müde war und nicht einschlafen konnte, fing er an zu schreien, was an sich nichts Ungewöhnliches ist. Es war etwas anderes, was sein Geschrei vom Geschrei anderer Babys unterschied. Es war die Art und Weise, wie er schrie. Nicht unbedingt laut. Auch nicht besonders lange, dafür aber durchdringend. So durchdringend, dass ununterbrochen Fensterscheiben zu springen anfingen. Sie bekamen Risse oder zersprangen gleich ganz und gar, sodass der Vater alle Hände voll zu tun hatte, immer wieder neue Scheiben einzusetzen. Nur gut, dass er zufällig Glaser war. Manchmal zersprangen sogar Porzellanvasen, Teller oder Tassen.

Reiner ist ein Nichtsnutz

Im Kindergarten setzte sich die Kette der Auffälligkeiten fort, weil Reiner es tatsächlich fertigbrachte, Löffel zu verbiegen oder mit Bausteinen um sich zu werfen, ohne sie wirklich zu berühren. Hatten ihn zum Beispiel Spielkameraden geärgert, dann landeten plötzlich Bauklötze auf deren Köpfen. Oder sie rutschten bei Spaziergängen aus und fielen der Länge nach in eine Pfütze. Dass Reiner dahintersteckte, konnte niemand beweisen. Aber jeder wusste es.
Reiner konnte auch Geschichten erzählen. So spannend, dass die Kinder seiner Gruppe wie Trauben an ihm hingen, um bloß keine seiner Fortsetzungsgeschichten zu verpassen. Reiner wusste oft selbst nicht, wie sie ausgingen. Er erfand sie ganz einfach aus dem Moment heraus und war selbst erstaunt, welche unerwarteten Wendungen sie nahmen.
Was er überhaupt nicht mochte, waren Geburtstagsfeiern. Vor allem die Geburtstagsfeiern seiner unzähligen Tanten. Das langweilte ihn. Aber allein zu Hause durfte er noch nicht bleiben, also musste er mit, ob er wollte oder nicht. Das wiederum

ärgerte ihn und er versuchte jedes Mal, sich mit allen möglichen Tricks um die Feier drum herum zu mogeln. Zum Beispiel, indem er sich versteckte, unsichtbar machte oder eine Zeit lang an der Decke schwebte.

Seine Eltern fanden das gar nicht witzig und der Mutter platzte dann schon mal der Kragen, indem sie drohte, wenn er nicht sofort runterkäme, würde sie die Feuerwehr holen!

Doch Reiner, der keine Anstalten machte, seinen Aufenthaltsort wieder nach unten zu verlagern, lachte nur und meinte, dann solle sie der Teufel holen. Worauf sie ihre Drohung wiederholte, wenn er nicht augenblicklich runterkäme, dann …

Doch schon im nächsten Augenblick stand Reiner wieder auf den Beinen und griente über beide Ohren. Die Mutter schüttelte nur den Kopf und meinte, *Fünfjähriger Nichtsnutz!*

Reiner in der Schule

Noch schlimmer wurde es in der Schule. Reiner gehörte zwar mit zu den besten Schülern, aber auch zu den faulsten. Um ehrlich zu sein, er mochte die Schule nicht. Schon gar nicht, wenn er in Mathematik Textaufgaben lösen oder in Nadelarbeiten ein Einkaufsnetz häkeln musste. Doch er hatte inzwischen alle Märchen der Brüder Grimm gelesen, konnte mit dem Flugsimulator sicher in Meigs Field landen und fehlerfrei Goethes Osterspaziergang aufsagen. Auch Primzahlen konnte er bis in schwindelerregende Höhe aufsagen, was jedoch niemanden interessierte.

Auch die Lehrer hatten es mit Reiner nicht leicht. Ja, schon ohne ihn wär alles kein Zuckerschlecken gewesen. Aber mit ihm erst recht nicht. Und das, obwohl Reiner gar nichts dafür konnte. Aber wer kann schon was dafür. Donald zum Beispiel konnte auch nichts dafür. Und der war noch einige Zacken schärfer. Was heißt einige Zacken … um Welten!

Er war ein kräftiger, roher Bursche, mit zotteligen Haaren und einem schwarzen Basecap. Sein Vater war Trinker und hatte schon mehrfach im Knast gesessen. Nicht wegen der Trinkerei, sondern wegen anderer Sachen, wie zum Beispiel Betrug oder bewaffneter Raub und Erpressung. Er hatte seinen Sohn nach einem Verteidigungsminister benannt, den er total cool fand. Der hatte mal auf einen Schlag – rums! – das Haushaltsdefizit des mächtigsten Landes der Welt um 2 Billionen Dollar verringert. Einfach dadurch, dass alle Unterlagen verbrannten. Zufälligerweise bei einem Anschlag auf das Gebäude, in dem sie sich befanden. Man könnte auch sagen, glücklicherweise!

Donald also, der Sohn des Trinkers, sah schon aus wie ein richtiger Mann. Jeder dritte Satz war *Das ist voll cool, Mann!* Er spuckte durch eine Zahnlücke und traf, wohin er wollte. Aber er war bei weitem nicht der einzige, der mit coolen Sprüchen zu beeindrucken wusste. Auch Dennis und Klaus gehörten dazu. Sie hatten sich von Anfang an zu Donald bekannt, Reiner indessen war der Sonderling. Nicht etwa, weil er hätte befürchten müssen, als schmächtig zu gelten – das war er keinesfalls –, sondern, weil er mit den Streichen der anderen nicht mithalten konnte. Immer, wenn davon die Rede war, fiel Reiner durch sein Schweigen auf, was ihn einerseits verdächtig machte und andererseits den Zorn der anderen auf sich zog. Eine Möglichkeit, dem zu entgehen, wäre vielleicht gewesen, selbst Geschichten zu erfinden, selbst wenn sie erstunken und erlogen waren. Niemand hätte das überprüfen können. Doch das kam für Reiner nicht infrage. Ihm blieb es vorbehalten, auf ganz andere Weise interessant zu sein, nämlich dadurch, dass er Zaubertricks vorführte oder einfach nur Kunststücke, die den anderen die Sprache verschlugen.

Reiner ist anders

Um es auf einen Nenner zu bringen: Reiner war anders. Und wenn ich sage anders, dann meine ich, er war anders als ich und alle, die ich kenne. In gewisser Weise war er wie ein Tier, aber nicht im negativen Sinn. Der Begriff Tier löst in uns zuallererst etwas Negatives aus, nicht einmal im Sinne von wild oder animalisch, was ja fast schon ein Kompliment wäre, sondern eher im Sinne von primitiv oder zurückgeblieben. Aber das meine ich nicht. Ich meine die Selbstverständlichkeit eines schönen Tieres, das einfach so ist wie es ist ohne irgendwelche Gedanken, Hintergedanken oder üblen Absichten. Vielleicht könnte man das Reinheit nennen oder Tugend. Wobei das Wort Tugend heute kaum noch jemand kennt, weil es hoffnungslos veraltet ist. Man braucht kein Wort, das etwas bezeichnet, was es nicht mehr gibt oder womit man sich eher lächerlich macht. Dafür weiß heute jeder, was eine All-net-Flat ist oder eine App. Reiner hatte also etwas Edles und Wahres an sich, dass man hätte meinen können, er sei nicht von dieser Welt. Es war etwas Zeitloses, etwas von einem Engel, einem Geist oder einem Bild. Man könnte auch sagen, Reiner verfügte nicht nur über eine stark ausgeprägte linke Hirnhälfte, die verantwortlich war für einen wachen Verstand und messerscharfes analytisches Denken, sondern er verfügte ebenso über eine hoch entwickelte rechte Hirnhälfte, die ihm enorme Kreativität ermöglichte, bis hin zu einem Verständnis für Übersinnliches und Abstraktes. Genau diese Kombination war es, die Reiners Wesen ausmachte. Im Unterschied zu Menschen, die zwar über schwindelerregende IQs verfügten, aber seitens der rechten Hirnhälfte unterentwickelt waren, was zur Folge hatte, dass sie die Welt ausschließlich rational erklärten.

Reiners Blick fürs Besondere

Reiner hatte schon beizeiten einen Blick für das Besondere entwickelt, fürs Bizarre. So faszinierten ihn groß gewachsene und verästelte Bäume, farbige Adern im Gestein oder Sprünge im Glas. Aber auch Wasser, Feuer oder Wolken übten auf ihn einen großen Zauber aus. Oder die bunten Muster, die entstehen, wenn man mit geschlossenen Augen in die Sonne guckt.

Reiner hielt auch jeden Tag mindestens einmal die Zeit an. Dazu dachte er sich Übungen aus, die allein darin bestanden, inmitten der Geschäftigkeit des Alltags innezuhalten und das, was man gerade tat, ganz langsam zu tun, ganz bewusst. So kam es vor, dass er die Treppen zu seiner Wohnung in Zeitlupe emporstieg und dabei auf jedes Detail achtete. Auf jede Stufe, jede Türe und jede noch so unscheinbare Ecke. Dabei fielen ihm Dinge auf, die er zuvor noch nie gesehen hatte. Zum Beispiel der neue Türschmuck von Frau Schulze – ein Schutzengel mit einem Heiligenschein überm Kopf – oder die Galerie voller Schuhe vor der Tür von Herrn Lehmann, wo sonst nie Schuhe standen. Das Verrückte dabei war, je nachdem wie seine Stimmung war, änderten sich auch die Dinge, die er wahrnahm, so als würde sein Innerstes teilhaben an dem, was er sah. Manchmal dachte er sogar, er würde diese Wirklichkeit überhaupt erst erschaffen. Die Hausbewohner hatten sich schon daran gewöhnt. Immer wenn Frau Bösner, die Seele des Hauses, die Tür aufmachte und sah, dass Reiner in Zeitlupe die Treppe hinaufstieg, begrüßte sie ihn und meinte, sie sehe, er mache gerade wieder seine Aufmerksamkeitsübung. Dann wolle sie ihn nicht weiter stören. *Wiederseh'n*! *Wiederseh'n*, antwortete Reiner mechanisch.

Reiner sieht, was andere nicht sehen

Durch diese Übungen hatte sich Reiners Blick so geschärft, dass es für ihn schon zur Gewohnheit geworden war, immer das zu sehen, was die anderen nicht sahen. Sicher, sein Geist war schon von Haus aus so konfiguriert und dadurch empfänglich für die nicht alltäglichen Dinge. Trivialitäten interessierten ihn nicht. Wenn alle einen bestimmten Sachverhalt klar vor Augen hatten, dann war Reiner garantiert derjenige, der das ganz anders sah. Trotzdem kann man nicht sagen, dass er immer nur das Haar in der Suppe fand. So war das nicht. Reiner hatte einfach nur den Blick fürs Besondere. Das konnte ein glitzerndes Centstück sein, das auf dem Fußweg liegengeblieben war oder ein 50 Euro-Schein, der an der Kasse direkt vor seinen Füßen lag. Alle anderen hätten ihn auch sehen können, doch sie sahen ihn nicht. Vielleicht lag das daran, dass Reiners Empfinden auf Dinge und Situationen geeicht war, die von wesentlicher Bedeutung waren. Oder besser, die für ihn von wesentlicher Bedeutung waren. Er sah eben nicht nur den Regenbogen, der sich inmitten einer Landschaft abzeichnete und an dessen Bild sich die anderen labten, weil ihnen schon allein der Anblick des Regenbogens ein Entzücken ins Gesicht zauberte, nein, Reiner entdeckte darüber einen zweiten und als auch die anderen ihn gesehen hatten, noch einen dritten, der sich ein ganzes Stück entfernt davon befand.

Reiner hatte auch einen Blick fürs Absurde. Zum Beispiel verstand er nicht, warum Menschen nur mit stählernen Tauchbooten die Tiefsee erkundeten, während Tiefseefische genauso beschaffen waren wie normale Fische und warum sein Planet zwar ein Gewicht von sechs Trilliarden Tonnen hatte, aber gleichzeitig schwerelos durchs All schwebte. Noch dazu mit affenartiger Geschwindigkeit, von der man nichts mitbekam. Es faszinierte ihn, nachts die Sterne zu beobachten und dabei den Eindruck zu haben, die ganze Welt drehe sich um ihn und er selber stünde fest im Zentrum. Er kannte dieses Gefühl von seiner eigenen Innenwelt, von der Wahrnehmung von sich selbst. Auch da hatte er eine Zeitlang geglaubt, er selber sei der Nabel der Welt, was in gewisser Weise stimmte, aber gleichzeitig eine Illusion war.

Wenn sich andere in einem alltäglichen Dämmerzustand befanden, wenn sie alles Mögliche hinnahmen, weil es eben so war wie es war, dann war Reiner mit Sicherheit derjenige, der daran Anstoß nahm. Einfach dadurch, dass er Widersprüche und Ungereimtheiten entdeckte, die bis dahin niemandem aufgefallen waren.

Reiner und die Ameisen

Dazu gehörte auch die Frage, wie sich Ameisen verständigten. Reiner war darauf gekommen, weil ihm sein Großvater, der ein großes Landgrundstück besaß, einmal einen Ameisenhaufen gezeigt hatte, der vielleicht einen Meter hoch und zwei Meter breit war. Das war für Reiner das Faszinierendste, was er je gesehen hatte. Er hatte die Ameisen stundenlang beobachtet und dabei festgestellt, dass sie ihre Arbeit einteilten. Da gab es welche, die zum Aufbau des gemeinsamen Hauses herangezogen wurden, andere waren dazu da, Nahrung herbeizuschaffen und wieder andere gehörten zum Putztrupp und hatten die Aufgabe, alle Abfälle zu beseitigen. Reiner hatte sich gefragt, woher die Ameisen wussten, was sie zu tun hatten und wie sie sich verständigten.

Dann hatte ihm der Großvater erzählt, dass es unter den Ameisen eine Königin gebe, die das Gehirn des Ameisenvolkes bilde. Sie habe eine Lebensdauer von mehreren Jahren, während alle anderen Ameisen wegen der schweren Arbeit schon nach wenigen Wochen starben. Der Clou sei, dass man die Königin lebend entfernen könne, ohne dass das das Volk bemerke. Doch sobald man sie tötete, ganz gleich, wie weit entfernt der Tatort sei, dann käme sofort jede Arbeit zum Erliegen. Das fand Reiner faszinierend! Wie erfuhren die Ameisen davon? Auf welche Weise? Wenn Ameisen das konnten, dachte er weiter, müssten es Menschen doch auch können.

Reiner und die Karpfen

Als Reiner acht Jahre alt war, gingen seine Eltern oft in ein japanisches Restaurant essen. Das Besondere an diesem Restaurant waren nicht nur die exotischen japanischen Gerichte, die dort serviert wurden, sondern noch etwas anderes, was mit dem Essen nur bedingt zu tun hatte. Vor dem Gasthaus, inmitten eines Freisitzes, befand sich nämlich ein Karpfenteich. Und dieser Teich hatte Reiner magisch angezogen. Stundenlang, während seine Eltern speisten, hockte er am Ufer und starrte fasziniert auf das Wasser. Abends, wenn der Teich beleuchtet war, sah er den schillernden Karpfen zu, wie sie langsam unter den Wasserrosen hindurchschwammen. In diesen stillen Augenblicken ließ er seiner Fantasie freien Lauf. Er stellte sich vor, wie wohl die Karpfen die Welt um sich herum sehen mochten. Was für eine seltsame Welt musste das sein!

Da sie ihr ganzes Leben in dem flachen Teich verbrachten, glaubten sie sicherlich, ihre Welt bestehe aus dem trüben Wasser und den Rosen. Während sie hauptsächlich mit der Futtersuche beschäftigt waren, ahnten sie nicht, dass es noch eine fremde Welt über der Oberfläche geben könnte. Reiner faszinierte, dass er nur ein paar Zentimeter von den Karpfen entfernt sitzen konnte und doch durch Welten von ihnen getrennt war. Die einzige Barriere war die Wasseroberfläche. Vielleicht, so malte er sich aus, gab es auch einige altkluge Karpfen, die über manch anderen spotteten, der behauptete, es könnte über den Wasserrosen noch eine Parallelwelt geben.

Einmal versuchte er sich vorzustellen, was geschähe, wenn er ins Wasser greifen, einen der Karpfen herausholen und ihn kurz darauf wieder hineinwerfen würde. Wie mochte das den anderen Karpfen erscheinen? Zunächst würden sie bemerken, dass einer von ihnen aus ihrer Welt verschwunden ist. Er hätte sich einfach aufgelöst, ohne jede Spur. Doch Sekunden später würde er plötzlich wieder auftauchen – beziehungsweise eintauchen. Die anderen Karpfen müssten den Eindruck haben, es sei ein Wunder geschehen!

Reiner und die Urahnen

Reiner beschäftigte ebenso die Frage, von wem wir abstammten. Sicher, jeder weiß, dass wir zwei Elternteile haben und, falls noch vorhanden, auch vier Großeltern. Aber wer weiß schon etwas über seine acht Urgroßeltern, ganz zu schweigen von deren Eltern und Großeltern. In Gedanken stellte sich Reiner eine ellenlange Menschenkette vor, die aus vielen Hundert Kettengliedern bestand, ja aus Tausenden, Hunderttausenden und sogar Millionen. Was mochten all diese Menschen durchlebt haben? Ganz sicher Krankheit, Pest und Krieg, unzählige Katastrophen, Feuer, Gift und Mord. Allein im Dreißigjährigen Krieg, versuchte er sich vorzustellen, mussten seine Urahnen dutzendfach verwundet oder getötet worden sein. Und hätte sein Großvater den zweiten großen Krieg nicht überlebt, dann wären sein Vater und somit er selber nie geboren worden.

Solche Gedankenketten faszinierten Reiner, weswegen er eine ganz besondere Vorliebe für Geschichte entwickelte. Im Gegensatz zu seinen Schulkameraden, die sich überhaupt nicht dafür interessierten. Sich in Geschichte auszukennen, galt als überholt und unnütz. Was brachte es, sich mit Dingen zu befassen, die längst vergangen waren und die fürs tägliche Leben keine Bedeutung hatten. Viel wichtiger waren Trends, die aufzeigten, was gerade angesagt war und was sich jetzt oder in Zukunft am besten verkaufen ließ.

Reiner ist mehr als eine Person

Eigentlich bestand Reiner nicht nur aus einer Person, sondern aus vielen. Schon sehr früh hatte er das mitbekommen (das Wort *Person* kam aus dem Lateinischen und bedeutete so viel wie *hindurchtönen*, aber auch *Maske*). Reiner fühlte, dass er aus einer Vielzahl solcher Persönlichkeiten bestand, die mal so, mal so Überhand über ihn gewannen oder darüber, was er glaubte zu sein. Wenn andere froh darüber waren, in sich etwas entdeckt zu haben, von dem sie glaubten, dass es das sei, was sie ausmache, dann spielten sie diesen Trumpf aus und wurden Politiker, Arzt oder Apotheker. Bei Reiner hingegen war das kompliziert. Mal fühlte er sich als Künstler, mal als Lehrer. Mal als Forscher und mal als Magier. Es kam auch vor, dass er glaubte, ein Prophet zu sein. Oder ein Diplomat. Wie er es auch drehte und wendete, er kam zu keinem Schluss. Er empfand sich als aufgespalten, als ein Bündel aus vielen Ichs, die in der Summe das ergaben, was er war. In der Medizin wurde dieses Aufgespaltensein als krankhaft schizophren bezeichnet. Doch im Grunde war jeder Mensch schizophren. Sogar die ganze Welt war schizophren, weil sich auch Licht in einzelne Farben aufteilte, die in der Summe weiß ergaben. Reiner konnte nur nicht verstehen, warum andere diese Erfahrung nicht machten. Vielleicht, dachte er, lag es daran, dass sie diesen Zwiespalt gar nicht bemerkten. Oder sie verschwiegen ihn. Lebten sie alle mit der Lüge? Reiner wusste es nicht. Er wusste ja nicht einmal, wer er selber war. Aber er wusste, dass all die anderen es von sich wussten. Sie erweckten den Eindruck, als seien sie nur eine einzige klar umrissene Person. So als ob sie ein Namensschild umhätten, auf dem groß und deutlich geschrieben stand, wer sie waren. Offenbar hatten sie mit sich eine Übereinkunft getroffen, die Vielzahl ihrer Einzelpersonen auf den kleinsten gemeinsamen Nenner zu bringen.

Reiner ist naiv

Dafür verfügte Reiner über eine andere Eigenschaft, die man in gewisser Weise mit *naiv* umschreiben könnte. Wobei diese Naivität darin bestand, sich völlig unvoreingenommen von magischen Dingen vereinnahmen zu lassen und sie nicht von vornherein auszuschließen. Auch ein Erfinder ist ja in gewisser Weise naiv, wenn er auf Ideen kommt, auf die andere nicht kommen. Die anderen könnten auch drauf kommen, doch sie kommen nicht drauf, weil sie bestimmte Zusammenhänge von vornherein ausschließen.

Insofern ist naiv vielleicht das falsche Wort. Auch ein Tier mag naiv sein, weil es nicht so viel weiß wie ein Mensch und weil es nicht über etwas nachdenken kann. Aber deswegen ist es noch lange nicht gutgläubig. So ähnlich war das auch mit Reiner. Er hatte sich den Dingen gegenüber eine natürliche Offenheit bewahrt, eine kindliche Aufgeschlossenheit und Neugier. Allerdings schloss das immer auch Irrtum mit ein.

So hatte er im Kindergarten geglaubt, Lebensmittel seien Mittel, mit denen man Tote wieder aufweckt. Er verstand nicht, warum damit Dinge gemeint waren, die es in ganz normalen Läden zu kaufen gab und die nur dazu dienten, am Leben zu bleiben. Er fand das Wort unpassend und irreführend. Später, als er Lesen lernte, wunderte er sich darüber, dass in vielen Artikeln, die im Land der Dichter und Denker hergestellt wurden, immer eine Made war und dass man das auch noch draufschrieb: *Made in Germany.* Auch kam es ihm nicht geheuer vor, wie man zu reden anfangen und dabei schon wissen konnte, was man am Ende des Satzes sagen würde.

Sicher muss hier nicht betont werden, dass sich Reiners kindliche Naivität im Laufe der Zeit wandelte, hin zur Naivität eines Erwachsenen, eines Träumers und Erfinders.

Reiner lernt Violine spielen

Da Reiner ein sehr aufgewecktes und talentiertes Kind war, hatten seine Eltern früh mitbekommen, dass er musikalisch war. Deshalb sollte Reiner das Violinespielen lernen. Warum ausgerechnet Violine, ist nicht mehr überliefert, zumal ein Klavier zu Hause stand. Vielleicht, weil man die Möglichkeit nicht außer Acht lassen wollte, Reiner zu einer eventuellen Klavierbegleitung spielen zu lassen, was jedoch nur infrage gekommen wäre, wenn seine Mutter, die Klavier spielen konnte, dafür Zeit gehabt hätte. Da letzteres nicht der Fall war, fiel dieser Fall weg. Ein weiterer Beweggrund hätte sein können, dass eine Geige leichter zu transportieren ist als ein Klavier, weswegen man viel leichter irgendwo vorspielen kann. Aber es gab noch einen dritten Beweggrund, der fürs Violinespielen sprach, nämlich der, dass Violinespielen eine ganz besondere Herausforderung ist im Vergleich zu allen anderen Instrumenten, die man erlernen kann. Warum? Weil eine Geige keine Tasten hat wie das Klavier oder Griffbretter wie die Gitarre. Das heißt, man muss beim Spielen den Ton greifen, ihn gewissermaßen erst bilden, denn es gibt keine Töne, die von vornherein exakt klingen. Das macht das Violinespielen so schwierig. Man darf sich möglichst nicht vergeigen, denn das klingt dann schräg, um nicht zu sagen jämmerlich. Reiner, der ein gutes Gehör hatte, störte das ungemein, wenn er sogar auf Schallplattenaufnahmen Passagen fand, die so unsauber gespielt waren, dass er nicht verstand, wieso man das hatte durchgehen lassen. Eigentlich gab es nur zwei Geiger, die absolut fehlerfrei spielten, das waren David Oistrach und Yehudi Menuhin.

Das Schlimmste am Violinespielen war für Reiner jedoch nicht der Umstand, dass man die Töne greifen musste, sondern das Üben an sich, beziehungsweise das Vom Blatt Spielen. Denn Reiner hasste Noten. Am liebsten spielte er auswendig – und nur zur Not nach Noten –, was bei ihm sehr schnell ging. Doch um ein Stück auswendig zu können, musste er es mindestens ein- bis zweimal vom Blatt spielen. Von daher war er gezwungen, sich durch die Noten zu quälen. Manche Passagen erforderten sogar ein dreimaliges Spielen, doch spätestens dann hatte er alles im Kasten. Ein Stück, das sogar auf Schallplatte war, spielte Reiner am liebsten. Es begann mit einem sehr eingängigen Thema, einer Ansammlung von fünf kurzen Noten, dann zwei lange, drei kurze und wieder eine lange. Danach das gleiche Muster auf einer anderen Tonstufe, was eine Sequenz ist, nämlich:

La, la, la, la, la, laa, laa, la, la, la, laa – la, la, la, la la, laa, laa, la, la, la, laa …

Damit Reiner überhaupt übte, musste der Vater immer zugegen sein. War er es einmal nicht, zum Beispiel wenn er auf die Toilette ging, setzte für diese Zeit prompt das Violinespielen aus, weswegen er irgendwann den Trick ersann, nur so zu tun, als würde er auf die Toilette gehen. Dabei stand er bloß hinter der Wohnzimmertür oder in irgendeiner Ecke und lauschte, ob der Sohn auch spielte. Was meistens nicht der Fall war. In diesen Fällen trat er sofort wieder ins Zimmer, wobei die Spielpause aufflog und das leidige Üben von vorn begann.

Wenn Reiner allerdings das Stück einmal konnte, dann … Ja, dann war er gar nicht mehr zu bremsen.

Und so kam es, dass Reiner in der Schule und bei festlichen Anlässen immer vorspielen musste oder durfte, je nachdem, von welcher Warte aus man das betrachtete.

Reiner ist krank

An einem Sonntag im November – draußen war es kalt und neblig – bekam Reiner plötzlich Halsschmerzen und dann auch noch Kopfschmerzen. Am Abend schließlich fühlte er sich so matt, dass ihm die Mutter ein Fieberthermometer unter die Achsel steckte und gleich darauf feststellte, *achtunddreißig fünf Fieber!*

Damit war von einem Moment auf den anderen klar, dass Reiner am Montag nicht würde in die Schule gehen können. Normalerweise sind Kinder, wenn sie nicht in die Schule müssen, froh darüber, auch Reiner. Doch diesmal spürte er ein merkwürdiges Unbehagen bei dem Gedanken, morgen nicht in die

Schule zu gehen. Denn montags war immer Matheunterricht bei Herrn Rübezahl und Reiner hatte Dennis und Klaus versprochen, ihm in der Stunde eins auszuwischen. Und nun lag Reiner darnieder, mit achtunddreißig Komma fünf Fieber. Das war großer Mist! Was würden die anderen denken, wenn er morgen nicht da war? Er war doch sonst immer da und ausgerechnet morgen ... Das war richtig großer Mist! Ganz abgesehen davon, dass er vorgehabt hatte, Nora in Englisch einen richtigen Liebesbrief zu schreiben und sich bei Frau Findeisen für den Geburtstagskuchen zu bedanken. Außerdem wollte er mit Lisa Mathehausaufgaben machen. Das alles würde nun ins Wasser fallen. Aber vielleicht ging es ihm morgen schon viel besser und er würde doch noch in die Schule gehen können. Mit dieser vagen Hoffnung schlief Reiner Sonntagabend ein.

Doch spätestens Montagmorgen um acht, als Oma Edda mit dem Fieberthermometer zur Tür hereinkam, war klar, dass heute kein normaler Schultag sein würde. Erst recht, nachdem das Thermometer immer noch siebenunddreißig acht anzeigte. Reiner hatte also keine andere Wahl. Er musste im Bett bleiben. Und wenn er ehrlich war, musste er zugeben, eigentlich tat ihm alles weh. Weswegen Oma Edda sofort eine Honigmilch zubereitete und danach Kamillentee zuzüglich Hustensaft und dem üblichen Prozedere, was unternommen wird, wenn man erkältet ist.

Schon nach dem Mittagessen – es gab Spinat, Kartoffeln und Rührei – hatte sich Reiner damit abgefunden, heut nicht in der Schule zu sein. Ja, er war sogar froh darüber. Denn erstens gab es zu Hause sein Lieblingsessen und zweitens, wie hätte er denn all seine Vorhaben auf die Reihe kriegen sollen, völlig schlapp und mit fürchterlichen Kopfschmerzen? Außerdem tat ihm der Hals weh und die Nase lief. So hätte er Nora nicht gegenüberstehen wollen. Und Herr Rübezahl konnte ihm ehrlich gesagt gestohlen bleiben. Da war es hundert oder gar tausend Mal besser, jetzt in aller Ruhe im Bett zu bleiben und krank zu sein.

Überhaupt, dachte Reiner, ist Kranksein gar nicht so schlecht. Man braucht nichts machen, kann auch nichts falsch machen und niemand nervt einen wegen irgendwas. Wenn er es sich recht überlegte – und genau das tat er –, dann liebte er es sogar, ein wenig krank zu sein. Allein die Vorstellung, morgen früh nicht in die Schule zu müssen, sondern bei Honigmilch und Kamillentee liegen bleiben zu dürfen, hatte etwas Heilsames, ja, mehr noch. So ein Tag ohne Schule war etwas Wunderbares. Die Sonne schien dann ins Zimmer und es war nicht dieselbe Sonne, gegen die man in der Schule die Vorhänge zuzog.

Reiner hat Geburtstag

Um ehrlich zu sein, Reiner mochte Geburtstage nicht. Oder nicht wirklich. Am liebsten hätte er sich an einem solchen Tag die Bettdecke übern Kopf gezogen und wäre gar nicht erst aufgestanden. Andererseits wusste er, dass das nicht ging. Dann hätten alle gedacht, er sei verrückt geworden oder mit ihm stimme was nicht. Außerdem hätte er dann nichts geschenkt bekommen und niemand hätte von ihm Notiz genommen – ging also auch nicht. Deswegen stand er dann doch auf, meist mit einem mulmigen Gefühl im Bauch, und harrte der Dinge, die da kommen würden.

Es war Sonntag und Reiner wurde auf den Tag genau 10 Jahre alt. Entgegen allen Befürchtungen waren tatsächlich alle Gäste gekommen, die er eingeladen hatte. Abgesehen von seinen Tanten und Onkels, die er natürlich nicht eingeladen hatte, die aber sowieso immer da waren, wenn irgendein Familiengeburtstag anstand und abgesehen von seinen Eltern und Oma Edda, die natürlich nicht eingeladen werden brauchten, ebenso wie sein Bruder Klaus, die andere Oma und Opa Herbert. Zu den eigenen Gästen zählten seine Schulkameraden Christian, Jürgen und Matthias, Samuel aus der Musikschule und Roland vom Schwimmen. Doch am allermeisten freute sich Reiner über einen Geburtstagsgast, der gar nicht eingeladen war. Das war Nora. Sie stand auf einmal vor der Tür und hatte ein Geschenk mitgebracht: einen roten Pullover, den sie zusammen mit Heidrun und Theresa gekauft hatte (beide gehörten auch zu Reiners Verehrerinnen).

Zwar hätte sich Reiner gewünscht, Nora wäre noch etwas länger geblieben, aber am Ende war er froh darüber, dass alles so war, wie es war. Es wurde sein bisher schönster Geburtstag und Reiner war mindestens genauso froh und vor allem erleichtert, als er schließlich vorbei war.

Später hatte er sich immer wieder gefragt, warum er Geburtstage hasste. Lag es daran, dass er insgeheim Angst davor hatte, abgelehnt zu werden und nichts geschenkt zu bekommen? War es die Angst davor, keiner würde kommen und er säße am Ende alleine da? Oder lag es an seiner unangemessenen Bescheidenheit? Aber vielleicht war Bescheidenheit ja nur eine Umschreibung für *sich nicht trauen*, für *sich nichts zutrauen*. Andererseits mochte es Reiner durchaus, im Mittelpunkt zu stehen und die Aufmerksamkeit auf sich zu ziehen. Nicht für etwas, wofür man gar nichts konnte, wie zum Beispiel ein Geburtstag, sondern dann, wenn man etwas konnte, was sonst keiner konnte.

Reiner landet ein Flugzeug

Wie es sich für eine richtige Familie gehört, so flog auch die Familie Zufall in den Ferien nach Mallorca, Urlaub machen. Dieser Urlaub wurde jedes Jahr früh gebucht und fand natürlich in den Sommerferien statt. Er bestand aus der Hinreise, der ersten bis dritten Ferienwoche und der Rückreise. Doch auf der Rückreise passierte etwas Unvorhergesehenes. Es fing damit an, dass die Zufalls ausgerechnet den Flug mit der Nummer 007 gebucht hatten, was normalerweise James Bond gut zu Gesicht gestanden hätte. Doch der machte gerade selber Urlaub und kam deshalb nicht in Betracht. Das wiederum ermöglichte dem Schicksal, einen Umweg zu nehmen, sodass sich die Dinge folgendermaßen entwickelten:

Über Thüringen geriet die Maschine in ein schweres Gewitter. Im Cockpit schlug der Blitz ein und traf die Piloten, sodass keiner von beiden mehr in der Lage war, das Flugzeug zu steuern. Noch dazu fiel die Bordelektronik aus und der Treibstoffverbrauch ließ sich mit dem Notsystem nicht regeln, weshalb die Triebwerke zu viel Sprit verbrauchten.

Als die Stewardess mit verhaltener Stimme danach fragte, ob irgendjemand einen A 320 landen könne, meldete sich zuerst niemand. Doch dann hob Reiner den Finger und flüsterte, *ich!* Alle Passagiere aus den umliegenden Reihen reckten die Köpfe.

Das heißt, setzte Reiner flink hinzu, er könne zur Not das Flugzeug landen.

Die Stewardess versicherte, es handele sich um eine akute Notsituation und der Treibstoff sei gleich alle.

Kein Problem, erwiderte Reiner. Er lande in Halle!

Daraufhin wurde Reiner ins Cockpit gebracht, wo er den Steuerknüppel übernahm und den Autopiloten ausschaltete. Zunächst passierte nichts. Das war gut. Dann schaltete er die Triebwerke ab, um Sprit zu sparen, und wieder geschah nichts, außer dass die Maschine mehr und mehr an Höhe verlor und wie ein Segelflugzeug dem Erdboden entgegensegelte.

Als der Airbus eine Höhe von 9000 Fuß erreicht hatte, war der Flugplatz schon in Sicht.

Reiner leitete auf der Stelle die Landung ein und ließ das Flugzeug wie einen Stein fallen. Den letzten Treibstoff brauchte er für die Schubumkehr.

Alles ging gut, nur hatte Reiner in der Aufregung die falsche Landebahn erwischt. Nicht die lange, sondern die kurze. Demzufolge schoss der Airbus über die Piste hinaus, donnerte über einen Acker und steuerte geradewegs aufs Flughafengebäude zu. Noch zehn Meter, noch fünf, noch drei – Peng!

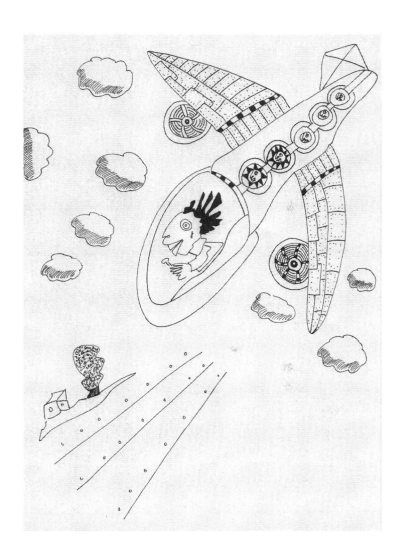

Mit einem lauten Knall knallte die Nase der Maschine durch die Scheibe. Die Scheibe zersprang in tausend Stücke und die Passanten, die gerade in der Abfertigungshalle waren, dachten *so Gott will!* Dann stand der Airbus still.

Nun ertönten von überall Polizeisirenen, zwei Polizeiwagen, eine Feuerwehr und mehrere Krankenwagen sausten herbei und die Gangway wurde herangefahren.

Als die Passagiere und die Crew das Flugzeug verlassen hatten und auch die beiden Piloten abtransportiert waren, wurde die Familie Zufall zum Flughafendirektor bestellt. Der bedankte sich vielmals für die Notlandung und erklärte anschließend, es gäbe wegen des entstandenen Schadens nur noch eine kleine Formalität zu erledigen, eine Schadensmeldung für die Versicherung. Alles müsse eben seine Ordnung haben, immerhin koste die kaputtgegangene Scheibe eine Menge Geld. Der Flughafen selber könne das nicht bezahlen, deshalb mögen sie bitte so freundlich sein und hier unten unterschreiben.

Doch das hätten sie mal lieber nicht tun sollen. Der Grund dafür war folgender: Das Feld, über das Reiner gefahren war, war ein Kartoffelfeld und gehörte Bauer Lindemann, der gerade die Aussaat beendet hatte. Am Morgen danach traute er seinen Augen nicht, als er sah, dass seine ganze Aussaat verwüstet war. Ein Airbus, so hieß es, sei für den Schaden verantwortlich, der den Acker überfahren habe. Doch Bauer Lindemann war nicht dumm. Das heißt, er war schon dumm, aber nicht so dumm, dass er nicht gewusst hätte, wie man sich in einem solchen Fall verhält. Ein Zehnjähriger, der seinen Acker verwüstet! Wo gab's denn so was? Also nahm er sich einen dicken Anwalt und zog mit ihm vor Gericht, und zwar vors Bundesverwaltungsgericht. Das gab dem Bauern Recht und der Flugplatz musste Lindemann Schadenersatz zahlen. Aber auch die Leute vom Flugplatz waren pfiffig. Sie nahmen sich einen noch dickeren Anwalt und der stellte klipp und klar fest: *Zehnjährige dürfen niemals Passagierflugzeuge landen. Unter keinen Umständen!* Damit wurde der Fall an das Landesgericht zurückverwiesen. Das wiederum stellte in seinem Grundsatzurteil fest: *Eltern haften für ihre Kinder!* Denn was Recht ist, müsse Recht bleiben. Im vorliegenden Fall gehe es um Fakten und Tatsachen. Und Tatsache sei nun mal, dass durch den unsachgemäßen Landeanflug eines Zehnjährigen dem Bauer Lindemann ein nicht geringer Schaden entstanden sei. Für diesen Schaden müsse der Verursacher aufkommen, also Reiner. Und da er noch nicht haften könne, müssten halt die Eltern haften. Im Übrigen sei auch noch eine Scheibe zu Bruch gegangen, für die der Verursacher aufkommen müsse. Das seien summa summarum zehntausendeinhundertsechsundsechzig Euro und sechsundsechzig Cent.

Zehntausendeinhundertsechsundsechzig Euro und sechsundsechzig Cent? rief Reiners Mutter außer sich, als sie das Urteil las. Ob er wisse, wie lange sie das abbezahlen müssten?

Nein, Mama, antwortete Reiner. Aber er zahle es zurück, sobald er erwachsen sei.

Ach was, zischte die Mutter und meinte, mit ihm habe man immer nur Ärger.

Reiner findet einen Freund

Doch wie der Zufall so spielte, brachte Reiners Notlandung auch etwas zutiefst Positives mit sich. Etwas, was für ihn total wichtig war, auch oder gerade, weil es aus einer ganz anderen Ecke kam. Denn kurz darauf stand Thomas vor der Tür. Er wohnte im selben Haus, nur zwei Etagen höher, und war vier Jahre älter als Reiner. Er hatte von dem Airbus-Zwischenfall in der Zeitung gelesen und in seinen Augen war Reiner ein Held. Nichtahnend, dass das Held-Sein manchmal nach hinten losgehen kann und dass es unter Umständen besser ist, lieber kein Held zu sein.

Doch wenn er nicht gewesen wäre, meinte Thomas, dann wären jetzt alle tot!

Reiner sah auf, dann wurde sein Gesicht traurig und er sagte, manchmal sei es besser, tot zu sein. Oder gar nicht erst geboren.

Thomas verstand nicht recht, weswegen ihm Reiner die ganze Geschichte erzählte. Daraufhin bot ihm Thomas seine Freundschaft an. Richtige Freunde müssten zusammenhalten, meinte er, und füreinander einstehen.

Von da an hatte Reiner einen richtigen Freund, auch und erst recht, weil sie die gleichen Interessen hatten. Da es noch keine Computerspiele gab, spielten sie mit Indianern oder Matchbox-Autos und mit Reiners mechanischer Rennbahn. Mechanisch heißt, dass sie nicht elektrisch war, sondern sie musste so gebaut sein, dass sich die Autos auch ohne Antrieb fortbewegten. Allein dadurch, dass sie schiefe Ebenen herunterfuhren, um dann mit dem nötigen Schwung durch Loopings und über Hindernisse zu kommen. Natürlich spielten sie auch viel draußen, auf einem Gelände hinterm Haus, oder sie krochen durch die Kanalisation, was total spannend war, weil niemand wusste, aus welchem Gully sie wieder ans Licht kämen. Nur in einem Punkt stimmte Reiner mit Thomas überhaupt nicht überein. Das war der Musikgeschmack. Denn Reiner hörte nur klassische Musik, zum Beispiel den *Feuervogel* oder *Peter & der Wolf*, weil das die Musik war, die seine Mutter liebte, während Thomas die härtere Gangart bevorzugte, nämlich Rock 'n' Roll oder Beatmusik. Für Reiner war das nichts als Lärm. Thomas hingegen konnte nicht verstehen, wie man in dem Alter klassische Musik hören konnte. Weswegen er auch nicht allzu sehr beeindruckt war, dass Reiner den Feuervogel dirigieren konnte. Obwohl … ein bisschen schon. Denn Reiner, der das Stück in- und auswendig kannte, gab dabei eine Figur ab, als sei er ein richtiger Dirigent.

Doch schon zwei Jahre später änderte sich Reiners Musikgeschmack grundlegend. Das lag daran, dass Thomas auch Schallplatten hörte (eine Schallplatte war eine Kunststoffplatte, in die Schall- bzw. Tonsignale magnetisch eingraviert wurden, in eine von außen nach innen verlaufende Rille). Sie stammten alle noch von seinem Vater, darunter eine von einer Band, die aus einem Königreich kam und die man damals die *Pilzköpfe* nannte, weil sie alle vier den gleichen Haarschnitt hatten, der – wie der Name sagt – den gesamten Kopf mit Haaren bedeckt, also auch an den Seiten, sodass man die Ohren nicht sieht. Diese Platte mit dem einprägsamen Titel *Unteroffizier Pfeffers einsame Herz-Club-Band* fand Reiner so klasse, dass er sie immer und immer wieder hörte, bis er alle Lieder mitsingen konnte.

Wobei seine Stimme fast genauso klang, wie die auf der Platte. Da die Texte hinten auf dem Cover standen, konnte er den Sinngehalt der einzelnen Stücke erfassen, auch wenn er die Sprache, in der gesungen wurde, noch nicht in der Schule hatte. Jedenfalls beeindruckte ihn die Musik der Pilzköpfe so sehr, dass er ein Fan von ihnen wurde. Und nicht nur das. Ab da stand für ihn felsenfest fest, dass er einmal Popmusiker werden würde. Das war nicht nur schlichtweg sein Traum. Das war seine Überzeugung.

Reiner und die Bücher

Reiner liebte auch Bücher. Nicht nur, weil der Geruch eines frisch gedruckten Buches etwas ganz Besonderes ist oder der Umstand, dass man etwas in der Hand hält, etwas Kunstvolles und Edles. Sondern ihn faszinierte vor allem der Gedanke, dass all das, was in Büchern geschrieben steht, mochten es Geschichten von Einzelpersonen oder ganzen Nationen sein, ja irgendwie aufbewahrt war, wie der Geist in der Flasche. Sicher, in den Büchern standen lediglich Buchstaben, gedruckt auf weißem Papier, aber sie ergaben einen Sinn und erzählten eine Geschichte, unabhängig davon, ob sie gelesen wurden oder nicht. Und was war, wenn man das Buch verbrannte? Wo war die Geschichte dann? Das Gleiche müsste man auch auf Musik anwenden können, denn selbst wenn alle Menschen der Welt die *9. Sinfonie* vergessen hätten – von einem Komponisten mit zerzausten Haaren und finsterem Gesicht –, wenn es davon kein einziges Notenblatt und auch keine Tonträger mehr gäbe, wäre sie dann trotzdem noch da oder würde sie aufhören zu existieren? Als letzten Schritt in dieser Gedankenkette setzte Reiner anstelle der 9. Sinfonie sich selbst ein, beziehungsweise jeden anderen Menschen, der je gelebt hat. Was war mit ihm, wenn er gestorben war und wenn alle anderen Menschen gestorben waren, die ihn kannten? War er dann für immer verschwunden, so als wäre er nie dagewesen?

Über diese Fragen hatte Reiner oft mit Klaus gestritten. Der meinte, ja. Reiner meinte, nein. Wobei Reiner seine Entscheidung damit begründete, dass der Betreffende, obwohl er körperlich nicht mehr da war, ja noch virtuell irgendwo sein müsste. Irgendwo im Nirgendwo. So wie etwas, das einmal im Netz gestanden hat, nie verlorengeht, auch wenn man es löscht.

Dieses Thema hing eng zusammen mit dem Thema Tod, was ein besonders heikles Thema war, weswegen man lieber einen Bogen drumherum machte. Reiner hatte das schon früh mitbekommen. Denn die meisten Leute, die über den Tod sprachen oder darüber, dass jemand gestorben oder gar *verstorben* war, taten so, als wäre das ein bedauerlicher Unfall. Gewissermaßen ein Unglücksfall, der den Betreffenden ereilt hat, nicht aber etwas, was im Grunde jeden traf.

Als Reiner und Klaus darüber diskutierten, ob es vielleicht ein Leben nach dem Tod gäbe oder nicht – Klaus meinte, nein, Reiner meinte, ja –, trat ein Problem zutage, das im Alltag kaum Beachtung fand. Nämlich der Umstand, dass man *nach dem Leben* auch als *vor dem Leben* bezeichnen könnte. Klaus war als erster darauf gekommen. Denn man war ja nicht nur nach dem Leben tot, sondern auch schon vor dem Leben.

Reiner und die ausgleichende Gerechtigkeit

Dass Reiner ein ausgeprägtes Gerechtigkeitsempfinden entwickelte, war in erster Linie Oma Edda zu verdanken. Denn Oma Edda war eine zutiefst gläubige Frau. Sie ging jeden Sonntag in die Kirche und sprach dort mit Gott. Sie haderte mit ihm, wenn etwas schiefgelaufen war, dankte ihm, wenn es gut war und betete für ihren Enkel und die Kinder in Bangladesch. Sie erzählte immer davon, wie gütig Gott doch sei und dass es in der Welt eine ausgleichende Gerechtigkeit gäbe. Reiner beneidete sie insgeheim um die Gabe des Glaubens und darum, in den Menschen immer das Gute zu sehen. Nur mit der ausgleichenden Gerechtigkeit, da hatte er so seine Probleme. Ursprünglich hatte er nämlich geglaubt, alle Menschen seien vor dem Gesetz gleich und demzufolge auch vor Gericht. Dieser Glaube wurde jäh erschüttert, als sein Neffe überfahren wurde.

Das Gericht hatte nämlich festgestellt, dass es nicht egal sei, wer jemanden überfährt und schon gar nicht, womit. Denn Reiners Neffe war früh um vier auf einer einsamen Landstraße überfahren worden, als ein hochrangiger Banker gerade mit seinem Bugatti Veyron von einem nächtlichen Saufgelage kam. Sicher, der Banker hatte zwei Promille Alkohol im Blut, doch darum ging es nicht – wo kein Kläger, da kein Richter. Es ging lediglich darum, dass sich Reiners Neffe früh um vier auf der Landstraße befunden hatte, wo er nicht hingehörte. Noch dazu in dunklen Klamotten, weswegen ihn der Bugattifahrer zu spät gesehen und daher überfahren habe, so die Richter. Dass der Bugatti viel zu schnell fuhr, spielte keine Rolle. Der Banker hatte Reiners Neffen zunächst nur angefahren, war dann aber

umgekehrt, weil er sich nicht sicher war, ob er auch tot war –
wer will schon einem Opfer eine lebenslange Rente zahlen –,
und hatte ihn noch mal überfahren. Das hatte ein Bauer, der
um diese Zeit schon auf dem Feld war, gesehen und zu Protokoll gegeben. Doch der Anwalt des Bankers konterte mit einer
Kosten-Nutzen-Rechnung, die die Richter letztlich überzeugte.
Sein Klient, so argumentierte er, zahle die höchste KfZ-Steuer,
die überhaupt möglich sei, was dem Staat jedes Jahr beträchtli-
che Gewinne beschere, während ein eventueller Klinikaufent-
halt des Opfers mit anschließender Rehabilitation den Staat so
und so viel gekostet hätte, ganz zu schweigen von den Renten-
zahlungen seines Klienten, die indirekt sogar den Steuerzah-
ler belasteten. Im Übrigen, so der Anwalt, sei das Opfer ein
Sozialhilfeempfänger gewesen ohne jeglichen Nutzen für die
Gesellschaft, während sein Klient das glatte Gegenteil sei. Er
habe sich nachweislich für ein internationales Bankenrettungs-
programm eingesetzt, was in der Konsequenz dazu geführt hätte, dass der weltweite Finanzmarkt nicht zusammengebrochen
sei. Deshalb setzten ihn die Richter gegen ein Bußgeld wieder
auf freien Fuß.

Am Ehesten, glaubte Reiner, hatte wohl Opa Herbert recht, der
meinte, die einzige Gerechtigkeit, die es auf Erden gebe, sei
der Tod. Er raffe jeden hinweg, egal ob jung oder alt, arm oder
reich und egal, wie viele Verdienste er zu Lebzeiten erworben,
beziehungsweise, wie viele Verbrechen er begangen habe. Das
leuchtete ein. Wobei Reiner trotzdem nicht verstand, warum es
Menschen gab, die schlimmste Verbrechen begangen hatten,
die ihren Prozessen entkommen waren und auf großem Fuß in

einem Land jenseits des großen Ozeans weiterlebten, bis sie fast 100 Jahre alt wurden. Während andere, die für Recht und Freiheit kämpften, die berüchtigte Erfindungen gemacht hatten, einfach so dahingerafft wurden, in Gefängnissen starben oder erschossen wurden. Ganz zu schweigen von denen, die aus Verzweiflung Selbstmord begingen.

In Geschichte erfuhr Reiner davon, dass es außer dem Mann, der den zweiten großen Krieg angefangen hatte, noch andere Machthaber gab, die sogar noch mehr Menschen auf dem Gewissen hatten. So geschehen im Land der Mitte, wo einer Kulturrevolution mindestens 50 Millionen Menschen zum Opfer fielen.

Reiner begriff, dass man ab einer gewissen Stufe millionenfachen oder gar milliardenfachen Mord begehen konnte, ohne dafür belangt zu werden. Niemand interessierte das. Selbst das Universum nicht. Wer beweinte all die Ameisen, die jeden Tag von Menschen zertreten werden, wer all die Zebras, die jahrein, jahraus zerfleischt und gefressen werden? Der Tod war nichts anderes als ein Massenmörder, denn er kam milliardenfach über alle lebenden Kreaturen. Ganz gleich, ob natürlich oder unnatürlich, ob durch Krankheit, Pest und Krieg. Vor welchem intergalaktischen Gerichtshof müsste man da klagen, dachte Reiner weiter. Vorm Allerhöchsten? Doch den würde man für all die begangenen Morde seit Weltengedenken nicht belangen können. Seine Anwälte würden argumentieren, dass es im gesamten Kosmos um ganz andere Dinge ginge. Nämlich um übergeordnete Interessen. Dabei stellte sich Reiner im übertragenen Sinn eine Tischlerei vor, in der etwas hergestellt wurde. Und wo gehobelt wird, fallen nun mal Späne. Leid und Elend waren also nichts anderes als Späne, die immer wieder

anfielen, bis irgendein Zweck erfüllt oder irgendetwas hergestellt war, was sich der Tischler erdacht oder was er im Auftrag
für jemand anderen hergestellt hatte.

Oma Edda hatte auch von Engeln erzählt und davon, dass jeder
Mensch mit ihnen in Kontakt treten könne. Dies wiederum war für
Reiner nichts Besonderes, da er sich durchaus vorstellen konnte,
dass es irgendwo Welten gab, in denen man als reines Lichtwesen
existierte. Doch wer oder was entschied darüber, welcher Engel
mit welchem Erdenmenschen eine Liaison einging? Klar schien
nur, dass auch böse Menschen Schutzengel hatten, sonst hätte der
Mann, der den zweiten großen Krieg angezettelt hatte, nicht alle
42 Attentate überlebt, die auf ihn verübt wurden.

Reiners Land

Ursprünglich war das Land, in dem Reiner lebte, mal sehr groß
gewesen. Lange bevor er geboren wurde, gab es dort Männer,
die sich in den Kopf gesetzt hatten, durch einen großen Krieg
alle anderen Länder der Welt an sich zu reißen und ein riesiges
Reich zu gründen, das 1000 Jahre bestehen sollte. Allerdings
kam das nicht von ungefähr, denn dieses Land war schon immer ein Land gewesen, dessen Bürger als fleißig und ordentlich
galten, weswegen sie es zu Ansehen und Wohlstand gebracht
hatten. Das missfiel dem einen oder anderen Land, das glei-
chermaßen danach trachtete. Deshalb traf es sich gut, dass man
am Ende eines großen Krieges, bei dem alle Länder der Welt
übereinander hergefallen waren, dieses eine Land zum Sün-
denbock stempelte und hart bestrafte. Das wiederum wollten

genau jene Männer nicht auf sich sitzen lassen, die meinten, das Einzige, was diese Schmach rächen könne, sei ein zweiter großer Krieg, der den Spieß umdrehen und alle anderen Völker vernichten würde.

Diese Männer waren geschickte Redner mit sehr lauten Stimmen und sie schafften es mit List und Tücke, ihr Volk dafür zu begeistern.

Wollt ihr den totalen Krieg? riefen sie und das Volk jubelte *Ja! Hoch lebe unser Führer! Hurra!*

Das Volk fand es toll, von einem starken Führer mit einer so lauten Stimme und mit ganz zackigen Bewegungen geführt zu werden. Ein Land nach dem anderen wurde überfallen und das Volk war begeistert! Es fühlte sich auf einmal wieder groß und stark. Es war stolz auf den Führer, der es so stark gemacht hatte. *Der Führer, er lebe hoch, hoch, hoch!* rief das Volk des Führers.

Doch der Führer hatte sich mit seinem Plan, gegen die ganze Welt Krieg zu führen, übernommen. Einige Länder schlossen sich zusammen – um genau zu sein, vier – und bekriegten das Land des Führers, bis es in Schutt und Asche lag. Vor lauter Wut auf das, was der Führer angerichtet hatte, wären beinahe noch Atombomben auf die Städte des Führers geworfen worden. Ein Glück, dass die Bomben nicht rechtzeitig fertig wurden, sonst wäre Reiner wahrscheinlich nie geboren und seine Geschichte nie erzählt worden. (Dafür wurden die Bomben auf ein anderes Land geworfen, mit dem das Land, das die Bomben gebaut hatte, noch eine offene Rechnung zu begleichen hatte.)

Reiners Land wird geteilt

Anschließend wurde das Land des Führers von den vier Siegern, die es besiegt hatten, in zwei Teile geteilt. Über den größeren Westteil durften die drei Länder bestimmen, die im Westen lagen und über den kleineren Ostteil das Land, das im Osten lag. Dieses Land war ganz anders als die drei anderen, dahingehend, dass die Leute, die es regierten, ganz andere Maßstäbe hatten bezüglich der Art und Weise, wie es regiert werden sollte. Sie meinten, es dürfe zwar keinen Zaren mehr geben, der das Land regiere, dafür aber einen Vorsitzenden mit einer großen Schar von Anhängern. Sie alleine bestimmten, was in dem Land angesagt war und was nicht. Das war nicht gut. Denn so hatte das Volk nicht wirklich etwas zu sagen. Andererseits gab es kaum Reiche, weil niemand in dem Land allein dadurch, dass er etwas besaß, zu Reichtum gelangen durfte. Auch die Betriebe, in denen gearbeitet wurde, gehörten niemandem, sondern dem Staat, also indirekt dem großen Vorsitzenden und seinen Anhängern. Das hatte zur Folge, dass es zwischen den Bürgern kaum Unterschiede gab. Im Grunde waren alle gleich, weder arm noch reich. Alle hatten Arbeit, bekamen aber nur so viel Geld, dass es gerade mal zum Leben reichte. Das wiederum war äußerst billig, sodass man nur wenig für Essen und Unterkunft ausgeben musste, für Heizung, Strom und Gas. Nach diesem Vorbild war der Ostteil des besiegten Landes aufgebaut worden, der Teil, in dem Reiners Vater lebte. Das hatte wie alles Vor- und Nachteile. Zu den Nachteilen gehörte, dass man nicht reich werden konnte und sofort ins Gefängnis kam, wenn man öffentlich etwas gegen den großen Vorsitzenden oder seine Anhänger sagte. Man durfte auch nicht in andere Länder fahren, jedenfalls nicht in die im Westen, nur in die im Osten, die so ähnlich waren wie der Ostteil des besiegten Landes. In den Läden gab es nicht immer alles zu kaufen, sodass man nach bestimmten Dingen anstehen musste, zum Beispiel Bananen oder Schallplatten. Um ehrlich zu sein, es mangelte an vielen Dingen. Doch das hatte den Vorteil, dass die Leute sich etwas einfallen lassen mussten. Wenn der eine etwas hatte, was der andere nicht hatte, aber dringend brauchte, dann tauschte man das eben gegen das, was wiederum der eine brauchte und nicht hatte. Und wenn ein bestimmtes Ersatzteil überhaupt nicht zu bekommen war, dann überlegte man, wie man Abhilfe schaffen konnte. War zum Beispiel der Keilriemen gerissen, dann nahm man dafür eine Damenstrumpfhose, die zwar auch nicht einfach zu bekommen war, aber eine kaputte schon.

Reiners Land wird wieder vereint

Später wurden die beiden Teile des Landes wieder vereint. Das lag daran, dass dem Land, in dem Reiner wohnte, auf einmal die Leute davonliefen, weil sie die Nase voll hatten von Mittelmäßigkeit und Bevormundung. Sie reisten illegal über ein anderes Land des Ostens aus, in dem die Leute etwas weltoffener waren und deren Sprache so klang, als würden sie ständig von *Essbesteck* reden. Daraufhin gingen in Reiners Land die Leute auf die Straße und zogen in der Stadt, in der Reiner wohnte, um den Ring (wobei Reiner, sein Bruder und seine Eltern auch dabei waren). Sie demonstrierten für Reisefreiheit, freie

Wahlen und Wiedervereinigung. Als herauskam, dass Reiners Land im Grunde bankrott war, trat die gesamte politische Führung zurück, die fast nur aus alten Männern bestand, und das Land wurde an den Westteil des einstmals großen Landes angeschlossen. In den Geschäften gab es jetzt alles im Überfluss und man konnte zwischen hunderten von Wurst- oder Käsesorten wählen, zwischen ebenso vielen Brotsorten und über tausend Bieren. Autos gab es an jeder Ecke zu kaufen und alle drei Jahre fuhr man ein neues Modell. Man konnte sie nicht mehr selbst reparieren und musste sich demzufolge keine Gedanken darüber machen, wie ein kaputtgegangenes Ersatzteil zu beschaffen war. Das erledigte eine Vertragswerkstatt, die gleich das komplette Steuerteil ersetzte. Das war gut. Aber auch teuer. Doch um Geld ging es in dieser Gesellschaft nicht. Das heißt, eigentlich ging es schon darum, um genau zu sein, es ging im Grunde um nichts anderes, nur man sprach nicht darüber. Man hatte es einfach. Und wer es nicht hatte, der pumpte es sich. Von einer Bank, die es auch nur von irgendeiner anderen Bank gepumpt hatte. Ja, ganze Staaten lebten von gepumpten Geld, das sie irgendwann größeren Staaten zurückzahlen mussten, die ihrerseits von gepumpten Geld lebten. Ab und zu druckten die großen Staaten einfach neues Geld, um den gesamten Vorgang am Laufen zu halten, allen voran das Land, das die Atombomben abgeworfen hatte.

Reiner und Herr Kühn

Wenn es für Reiner einen Menschen gab, den er geliebt und verehrt hatte, dann war das Herr Kühn, sein Klassenlehrer. Er unterrichtete Geschichte und verstand es wie kein anderer, den Unterricht interessant zu machen. Vor allem durch seine umgängliche Art. Er war nicht nur Lehrer, sondern ebenso Mensch. Es gab nichts, womit er nicht fertig wurde, selbst mit dem schlimmsten Schüler der Klasse, mit Donald. Als Donald einen Direktorenverweis bekommen sollte, weil er Kondome zu Luftballongröße aufgeblasen hatte, ermahnte ihn Kühn lediglich vor versammelter Mannschaft, er möge in Zukunft zu Hause lassen, was in Vaters Nachtschrank gehört. Darauf großes Gelächter und der Fall war erledigt. Donald brachte nie wieder Kondome mit.

Reiner und der Zufall

Doch eines Tages, es war an einem ersten April, verschwand Kühn auf Nimmerwiedersehen. Er ging zu Fuß zur Schule, als ihm einfiel, dass er einen Brief vergessen hatte. Er kehrte um, holte den Brief und wurde direkt vor seinem Haus von einem Straßenbahnbügel erschlagen. Reiner hatte früh morgens die umgestürzten Straßenbahnhänger auf dem Fußweg liegen sehen. Was passiert war, wusste niemand. Später hieß es, ein LKW habe die Bahn bei dichtem Nebel übersehen und gerammt, worauf sie entgleiste. Herr Kühn sei unter den Toten. Reiner hat nie begriffen, warum sein Lehrer auf so heimtückische Weise ums

Leben kam. Er glaubte, das Schicksal müsse ein mieser Verräter sein. Nicht ahnend, dass es mal Diener, mal Verräter war. Mal Schöpfer, mal Zerstörer. Er wusste nicht, wie Gott würfelt und dass immer nur die Seite des Würfels zu sehen ist, die oben liegt.

Reiner und Herr Rübezahl

Nachdem Reiner einen neuen Klassenlehrer – Herrn Wagner-meier – bekommen und die achte Klasse erreicht hatte, lernte er englische Vokabeln, unregelmäßige Verben und mathematische Formeln. Aber auch physikalische Gesetze. So zum Beispiel das Gesetz der Schwerkraft, jener Kraft also, die bedingungslos alles nach unten zieht, was nicht niet- und nagelfest ist. Sie ist ein Axiom, was besagt, dass sie nicht angezweifelt werden kann und als unumstößliche Wahrheit gilt. Doch in der Physikstunde von Herrn Rübezahl geschah etwas völlig Unerwartetes. Rübezahl war gerade im Begriff, mit pathetischer Selbstgefälligkeit Newtons zweites Axiom – nämlich das der Schwerkraft – zu demonstrieren, indem er ein Stück Kreide, das er in der Hand hielt, zu Boden fallen ließ. Diesen Akt illustrierte er mit den Worten, kein Mensch noch sonst wer könne diesen Vorgang aufhalten oder umkehren, nicht einmal der liebe Gott oder der Papst in Rom. Diese These wiederum verschaffte Reiner Gelegenheit, das eben Gesagte ad absurdum zu führen, was so viel heißt wie: zunichte machen. Denn gerade solche Äußerungen, wie die von Rübezahl, forderten seinen Widerspruch heraus. Sie zwangen ihn regelrecht dazu, diese Regel zu brechen.

Der richtige Zeitpunkt dafür schien in dem Moment gekommen, als Rübezahl Theresa nach vorn holte, die, wie jeder wusste, in Mathe und Physik die schlechteste Schülerin der Klasse war und verkündete, er würde ihr vor versammelter Mannschaft sofort eine 1 in Mathe und Physik eintragen, wenn das Kreidestück, das er ihr in die Hand drückte, nicht augenblicklich zu Boden fiele, sobald sie es losließe.

Theresa, die betreten dreinblickte und diese Vorführung als Demütigung empfand, stand da wie Max in der Sonne – oder besser, wie Theresa im Regen – und war den Tränen nahe ob dieser aberwitzigen Prozedur. Ihr war, als solle sie erschossen werden und jeder ihrer Klassenkameraden, allen voran Herr Rübezahl, würde mit einer Pistole auf sie zielen, während sie darauf hoffen sollte, nicht getroffen zu werden. Aber dann passierte es. Just in dem Moment, als Theresa das Kreidestück losließ, fiel es ganz und gar nicht zu Boden, sondern verweilte genau an der Stelle, an der sie es losgelassen hatte. Es schwebte einfach in der Luft.

Ein Raunen ging durch die Klasse und Rübezahl, der noch nicht begriffen hatte, was geschehen war – weil nicht sein konnte, was nicht sein darf –, trat einen Schritt zur Seite und betrachtete das Phänomen aus spitzem Winkel. Doch auch von da aus bestand kein Zweifel daran. Das Kreidestück schwebte in der Luft!

Nein! rief Rübezahl außer sich, der genau wusste, dass die Kreide aus seiner eigenen Kreideschachtel stammte. *Das glaub ich nicht. Das ist ein mieser Trick!*

Daraufhin entlud sich schallendes Gelächter, das an Intensität noch zunahm, als das Kreidestück auf einmal in die Höhe schnellte und durchs Klassenzimmer flog. Rübezahl sagte kein Wort mehr, sondern beobachtete, wie es in unzähligen Kurven und Loopings durch den Raum sauste. Überall standen Schüler auf und versuchten es zu fangen. Einige hatten sich auf die Stühle gestellt und schnappten danach. Erst als der Krawall seinen Höhepunkt erreicht hatte, entwich es durch ein angekipptes Fenster nach draußen.

Noch am selben Tag hatte sich die Geschichte vom fliegenden Kreidestück an der Schule herumgesprochen. Wobei jeder wusste, wer dahintersteckte. Nämlich Reiner, sonst keiner. Das glaubte auch Herr Rübezahl. Denn wer Pi bis in schwindelerregende Höhe aufsagen konnte, der konnte vielleicht auch ... *Nein*, dachte Rübezahl. *Die Schwerkraft kann niemand aufheben*. Dahinter konnte nur ein Trick stecken. Aber welcher?

Eine Woche später hatte Direktor Saubermann eine Sitzung mit allen Fachlehrern der naturwissenschaftlichen Fächer einberufen, um zu debattieren, wie man sich Reiner gegenüber zu verhalten hatte. Denn es war nicht nur im Unterricht von Herrn Rübezahl zu Regelwidrigkeiten gekommen, sondern auch im Biologie- und Chemieunterricht. Herr Funke, der Chemielehrer, berichtete davon, dass Reiner bei einem Experiment mit Quecksilber Gold hergestellt hätte. Er, Funke, sei daraufhin beim Juwelier gewesen, der bestätigt hätte, dass es sich dabei tatsächlich um Gold handelte. Doch das sei ein Ding der Unmöglichkeit, schimpfte Funke. Sein Chemieunterricht sei kein Alchemieunterricht. So etwas ruiniere nicht nur den Ruf der Schule, sondern verunglimpfe die etablierte Wissenschaft.

Doch da niemand so recht wusste, wie man mit Reiners Eskapaden klarkommen sollte, ganz zu schweigen davon, dass man gewusst hätte, wie man sie unterbinden könnte, entschied Saubermann, von nun an einen Fachberater für die entsprechenden Stunden anzufordern, der jedem Fachlehrer zur Seite stehen sollte. Doch auch diese Maßnahme konnte nicht darüber hinwegtäuschen, dass es im Unterricht zu weiteren, nennen wir es Unregelmäßigkeiten kam. Man könnte auch sagen, es fing alles erst an.

Reiner und Herr Schock

Es war wieder in der Physikstunde bei Herrn Rübezahl, dem jetzt Oberstudienrat Eberhard Schock zur Seite stand, der extra vom Regionalschulamt abkommandiert worden war. Schock war ganz ein Mann der Wissenschaft. Er hatte mehrfach promoviert und sogar einen Lehrstuhl inne. Letzterer sollte noch von Bedeutung sein, allerdings in einem ganz anderen Sinn.
Es ging um die Newtonschen Gesetze der Mechanik, die Isaac Newton 1687 aufgestellt hatte und die seitdem als unumstößliche Wahrheiten galten. Daran war nicht zu rütteln. Normalerweise nicht. Doch wie wir inzwischen wissen, hatte Reiner eine regelrechte Abneigung gegen allgemeingültige Gesetze. Er verstand nicht, wieso sie als Axiome galten, wenn doch der Beobachter immer ausgeklammert wird. *Wenn nur der Herr Newton und das Gesetz selber wüssten, dass ich der Beobachter bin*, dachte Reiner. *Sie würden sich umgucken.* Mindestens so wie … Herr Schock.
Und so kam es, dass in besagter Stunde nicht Rübezahl, son-

dern Oberstudienrat Schock den wissbegierigen Schülern die Newton-Axiome nahebringen sollte. Er begann mit dem ersten Axiom. Es besagt, dass ein ruhender Körper in Ruhe verharrt, sofern keine Kraft auf ihn wirkt. Das erschien ziemlich logisch, weswegen Schock betonte, dass man erst mal darauf kommen müsse und dass Newton eben derjenige war, der darauf gekommen war. Das zweite Axiom besage, dass die Änderung der Bewegung der Einwirkung der bewegenden Kraft proportional sei, das hieße, die Bewegungsänderung geschehe in Richtung der bewegenden Kraft. Wobei das dritte Axiom das zweite noch spezifiziere – was so viel heißt wie *ausführlich beschreiben* –, indem es etwas über die Kraftwirkung aussage. Wenn nämlich ein Körper A auf einen anderen Körper B eine Kraft ausübe, so wirke eine gleich große, aber entgegen gerichtete Kraft von Körper B auf Körper A. *Actio* sei immer gleich *reactio*.

Um das eben Gesagte zu veranschaulichen, rief Schock ausgerechnet Reiner nach vorne, wobei niemand so recht wusste, welcher Teufel ihn dabei geritten hatte. Reiner sollte sich vor die Klasse stellen und in entspannter Haltung stehen bleiben. Als nächstes holte er Theresa nach vorne, die versuchen sollte, Reiner beiseite zu schieben. Doch so sehr sie sich auch anstrengte, Reiner rührte sich nicht von der Stelle. Nun konnte man das noch darauf schieben, dass Reiner ein kräftiger Junge war und Theresa nur ein zierliches Mädchen. Deswegen holte Schock, um es kurz zu machen, Dennis nach vorne, der in Anbetracht seiner Körpergröße den Eindruck erweckte, keine zwei Sekunden zu brauchen, um Reiner umzustoßen. Doch auch diesmal Fehlanzeige! So sehr er sich auch ins Zeug legte, er konnte Reiner nicht aus dem Gleichgewicht bringen. Allgemeine Unruhe kam auf und mehrere Schüler stürmten nach vorne, um Reiner mit vereinten Kräften in die Schranken zu weisen. Doch sie alle schafften es nicht. Reiner blieb unbeeindruckt stehen und verzog keine Miene. Schließlich verlor Oberstudienrat Schock die Nerven. Was sich hier abspielte, ging ja gar nicht. Das war ein Skandal sondergleichen! Nun legte er gemeinsam mit Rübezahl Hand an, es wurde gerufen und geschrien und die ganze Situation drohte zu eskalieren. Die Klassenzimmertür wurde aufgerissen, weil sich weitere Schüler in die Reihe drängten, um zu schieben. Doch Reiner stand einfach nur da und bewegte sich nicht.

Durch den Lärm im Zimmer alarmiert, eilte Direktor Saubermann herbei und war fassungslos! Was ging hier vor? Das war doch Reiners Klasse mit Oberstudienrat Schock und Rübezahl! Und ehe er sich versah, wurde er in die Reihe eingereiht und aufgefordert, mit zu schieben, was er in seiner Verzweiflung auch tat. Bis er erkannte, was überhaupt vor sich ging. Er hatte doch gerade erst den Oberstudienrat eingesetzt und geglaubt, das Reiner-Kapitel sei erledigt. Doch für das, was hier abging, fand er einfach keine Worte. Das war die Höhe!

Am Tag danach war das Vorkommnis der letzten Physikstunde in aller Munde. Doch es sollte noch übertroffen werden durch das, was sich in der darauffolgenden Stunde abspielte.

Diesmal ging es um die Hebelgesetze, also darum, dass immer der, der am längeren Hebel sitzt, nun mal am längeren Hebel sitzt. Physikalisch gesehen bedeutet das, er muss weniger Kraft aufwenden als der, der am kürzeren Hebel sitzt. Je länger der längere Hebel ist und je kürzer der kürzere, umso unmöglicher ist es, am Lastarm eine Last zu stemmen. So weit, so gut. Doch als Reiner aufgefordert wurde, nach vorn zu kommen, nahm die Kette der Regelwidrigkeiten ihren Lauf. Denn Schock und Rübezahl hatten eine Versuchsanordnung aufgebaut, die Reiner ein für alle Mal als Scharlatan entlarven sollte. Es mochte ja sein, dachte Schock insgeheim, dass er über mentale Kräfte verfügte, so wie Karatekämpfer, wenn sie Ziegelsteine mit der Hand zerschlagen. Aber die Schwerkraft aufheben oder Hebelwirkungen umkehren, das konnte niemand.

Deshalb hatte man vor der Tafel eine Wippe aufgestellt, die aus einer vier Meter langen Metallleiter bestand, die auf einer 40 Zentimeter dicken Rolle lag. Unterhalb der Leiter befanden sich Arretierungen, mit denen man die Rolle so platzieren konnte, dass verschiedene Hebel entstanden. Zunächst war ein Hebel im Verhältnis zwei Drittel zu einem Drittel eingestellt worden, wobei Theresa das lange Ende nach unten drücken durfte, womit sie Dennis auf dem kurzen Ende mühelos anheben konnte, samt Stuhl, der fest mit der Leiter verbunden war. Eine ganze Weile hatte sie Dennis in etwa anderthalb Meter Höhe zappeln lassen, wofür sie Beifall erntete.

Als Reiner nach vorn kam, wurde der Hebel umgebaut, und zwar im Verhältnis eins zu drei. Wobei sich Reiner ans kurze Ende der Leiter stellen sollte, während Rübezahl den Stuhl am langen Ende befestigte. Unruhe kam auf, weil im Grunde jeder wusste, dass das bevorstehende Unterfangen Unsinn war. Ja, es war reine Schikane. Wie sollte es möglich sein, dass ein einzelner Junge, ein Schüler der 8. Klasse, einen erwachsenen Mann am kurzen Ende eines Hebels würde hochheben können? Dann setzte sich Schock auf den Stuhl und verkündete, der Moment sei jetzt gekommen, wo Reiner seine Fähigkeiten unter Beweis stellen könne. Bisher habe es noch keiner geschafft, die Hebelgesetze auszuhebeln und er bezweifle stark, dass ausgerechnet ihm – also Reiner – das gelingen sollte. Und wenn doch, wenn er es schaffen würde, ihn auch nur einen Zentimeter von der Stelle zu bewegen, dann sei ihm ein Ehrenplatz in der ersten Reihe sicher und er werde ihn ganz gewiss nicht mehr behelligen.

Was nun passierte, spottete jeder Beschreibung. Reiner trat dicht an die Leiter heran, legte die Hände auf die drittletzte Sprosse und wartete eine Weile, bis Ruhe war. Schock saß am anderen Ende auf seinem Stuhl und grinste stolz. Es war jetzt so still, dass man eine Stecknadel hätte fallen hören. Jeder konnte sehen, dass Reiner – ohne eine Miene zu verziehen – irgendeine Kraft ausübte. Und siehe da! Nach etwa 30 Sekunden schien eine Bewegung stattzufinden, ganz langsam nur, fast unmerklich, aber stetig. Schocks Gesichtszüge verfinsterten sich augenblicklich und ein Raunen ging durch die Klasse wie schon bei der schwebenden Kreide. Allmählich bewegte sich das lange Ende der Wippe nach oben und mit ihm Oberstudienrat Schock. Erstaunen und Begeisterung mischten sich und Reiner wurde angefeuert, weiterzumachen. Derweil stieg das lange Ende der Leiter weiter nach oben, bis Schock in einer Höhe von zwei Metern zum Stillstand kam. Nun hielt es niemanden mehr auf den Plätzen, alle Schüler standen auf und applaudierten. Rübezahl, der fassungslos daneben stand, hätte am liebsten im Boden versinken wollen. Doch das konnte er nicht. Er musste mit ansehen, wie Schock hilflos mit den Beinen strampelte und danach verlangte, heruntergelassen zu werden, was im allgemeinen Durcheinander unterging. Aber das war noch nicht das Ende der Vorstellung. Denn auf einmal war Schock verschwunden! Jeder aus der Klasse und ebenso Rübezahl sahen nur noch seinen leeren Stuhl.

Nun stand die Klasse Kopf, es wurde gekreischt und gepfiffen und die Situation schien außer Kontrolle zu geraten, als Direktor Saubermann die Tür aufriss und gerade noch sah, wie Reiner den langen Hebel mit dem leeren Stuhl herunterließ. Schlagartig war Schock wieder sichtbar. Er stand auf und verließ ohne Saubermann überhaupt wahrzunehmen das Zimmer. Später wird er zu Protokoll geben, er könne sich an nichts mehr erinnern, was in der Stunde vorgefallen sei.

Gleich darauf erlitt Schock einen Schock und zwar so heftig, dass er nicht mal mehr reagierte, wenn man ihn ansprach. Er sagte nichts und stierte ins Leere, so als hätte er den Verstand verloren. Nur von Zeit zu Zeit murmelte er etwas, was nicht richtig zu verstehen war. Es klang wie das könne nicht sein, oder so ähnlich. Es waren immer die gleichen Worte, die er lallte, bis der Notarzt kam.

Reiner wird versetzt

Inzwischen hatten die Vorkommnisse an der Schule so hohe Wellen geschlagen, dass die Zeitungen darüber berichteten und sogar ein Fernsehteam vor Ort war. Allerdings kam Reiner in der Reportage nicht vor, es wurde nur über ihn berichtet. Dafür kamen Saubermann und Rübezahl zu Wort, die versuchten, den Fall herunterzuspielen, indem sie Reiners Fähigkeiten als

Schabernack bezeichneten, so wie es eben Trickbetrüger gebe, die man nicht durchschauen könne. Zwar hatten Schüler vor der Kamera die Vorfälle als echt bestätigt, aber glaubhafter wurde der Beitrag dadurch nicht. Schon nach kurzer Zeit hatten sich die Wogen wieder geglättet und das Medieninteresse war abgeebbt.

Nicht so an der Schule selber, denn dort hatte Direktor Saubermann eine Lehrerkonferenz einberufen, die über Reiners Exmatrikulation – also über seinen Rausschmiss – abstimmen sollte. Die ganze Schule, so Saubermann, sei wegen einem Schüler in die Schlagzeilen geraten, was dem Image der Schule massiv geschadet habe. Man müsse sehen, wie man weiteren Schaden von ihr fernhalte. Deshalb bitte er darum, gemeinsam über Reiners Exmatrikulation zu befinden.

Zunächst sagte niemand etwas. Nur Herr Hildebrand, der Deutschlehrer, gab zu Bedenken, dass vor der Abstimmung die Wahl eines Stimmenzählers erfolgen müsse.

Darauf sagte Herr Wagnermeier, Reiners Klassenlehrer, er wolle einen Gegenantrag stellen.

Moment, entgegnete Saubermann. Gegenanträge seien nicht zulässig. Er könne nur gegen den vorliegenden Antrag stimmen oder sich der Stimme enthalten.

Und was sei bei Stimmengleichheit? fragte der Musiklehrer. Man habe noch keinen Präsidenten, der den Stichentscheid fällen könnte.

Der Präsident, erklärte Saubermann, sei in diesem Fall er! Keiner sagte etwas dagegen.

Wichtig sei nur eins, meinte Saubermann entschlossen. Die Stimmen müssten stimmen!

Das stimme, entgegnete Rübezahl. Man möge also für die Schule stimmen! Dafür, dass man keine Nestbeschmutzer zulasse, die den Ruf der Schule gefährden.

Am Ende stimmte die Mehrheit der Lehrerschaft für eine Exmatrikulation. Reiner wurde zur Last gelegt, vorsätzlich den Ruf der Schule geschädigt und die etablierte Wissenschaft verunglimpft zu haben. Ein kleiner Teil jedoch sah die Vorwürfe als überhöht an. Man könne niemanden dafür bestrafen, dass er Fähigkeiten habe, die schulwissenschaftlich nicht erklärbar waren. Wagnermeier meinte sogar, die Maßnahme erinnere an die Zeit des Mittelalters. Nur dass heute niemand mehr auf Marktplätzen verbrannt werde.

Deswegen wurde Reiner nur verbannt. Er bekam einen Direktorenverweis und wurde an eine andere Schule versetzt, in der Hoffnung, seine Eskapaden damit eindämmen zu können. Direktor Saubermann jedenfalls war heilfroh, dass er Reiner los war. Von nun an würde er jedes unorthodoxe Verhalten sofort im Keim ersticken. Das, was er mit Schock und Rübezahl erlebt hatte, durfte sich unter keinen Umständen wiederholen.

Reiner und die Völkerschlacht

Es war an einem ruhigen Mittag nach der Schule. Reiner ging inzwischen in die 11. Klasse des Gymnasiums und nach Hebelgesetze ausheben oder anderen Gelegenheiten, seine mentalen Kräfte zu trainieren, stand ihm schon lange nicht mehr der Sinn. Stattdessen malte er gerne Labyrinthe, während er klassische Musik hörte. Abgesehen vom *Feuervogel* am liebsten Musik von einem Musiker mit klangvollem Namen, der schon als Kind mit seinem Vater die halbe Welt bereiste und von dem außer seiner Musik auch noch Kugeln aus Marzipan übriggeblieben waren. Oder aber er befasste sich mit physikalischen Aspekten des leeren Raumes, der seiner Ansicht nach gar nicht leer war.

So konnte er zum Beispiel nicht verstehen, wieso das Vakuum, so nannte man den leeren Raum, völlig leer sein sollte, während doch die Welt selber voller Inhalt und Form war. Und wo war die Vergangenheit, wenn sie vergangen war? War sie wirklich für immer vergangen? Mit diesen Gedanken im Kopf setzte sich Reiner aufs Rad und fuhr, nachdem sich die Wolken gelichtet hatten, eine kleine Radrunde bis ins nächste Dorf. Dort holte er sich beim Bäcker einen Pfannkuchen – oder war es eine jener Kugeln, die nach dem gerade erwähnten Musiker benannt wurde? – und fuhr weiter die Dorfstraße entlang, vorbei an einem Mann, der seinen Zaun strich. Reiner fragte ihn, ob es nun gut oder schlecht sei, wenn man immer alles alleine machen müsse, worauf er erwiderte, er fände das gut. Dann fuhr er weiter an einer Frau vorbei, die gerade einen Blumenstrauß bekommen hatte. Ein Ball rollte auf die Straße.

Eigenartig, dachte Reiner. In was für einer verrückten Welt er doch lebte. Glück, Leichtigkeit und Freude existierten zeitgleich mit Elend, Mord und Tod. Alles findet augenblicklich statt – jetzt, in jeder Sekunde. Parallel zu ihm existierten Welten, von denen er nichts wusste. Alles war immer da, die Vergangenheit war noch da und die Zukunft war schon da. Es gab keine Trennung.

Er fuhr weiter entlang von Wiesen und Feldern, vorbei an einem Grenzstein, und dann, auf einmal, passierte es. Genau in dem Moment, als er sich auf eine Bank am Wegesrand setzte, bemerkte er etwas Eigenartiges. Etwas, was sich wie ein Film vor seinen Augen abspulte, obwohl es dort nicht hingehörte.

Er sah Spukgestalten auf dem Feld, die miteinander kämpften. Unzählige Soldaten standen sich in Reih und Glied gegenüber und feuerten mit langen Gewehren aufeinander. Ganze Reihen sackten wie bei einem Dominospiel zusammen. In grausiger Verzückung sah Reiner diesem Treiben zu. Er sah Kanonenkugeln einschlagen und Scharen von Reitern und Pferden zu Boden stürzen. Er sah, wie sie schmerzverzerrt ihre Münder aufrissen, um zu schreien, doch es herrschte Totenstille! Und dann – als hätte ein Schiedsrichter das Spiel abgepfiffen – löste sich alles auf, ohne jede Spur.

Reiner blieb noch eine ganze Weile sitzen. Er wusste, dass er nicht gesponnen hatte. Er hatte mit eigenen Augen gesehen, dass hier gerade eine Schlacht im Gange war. Es war eine Phantomschlacht, ein Riesen-Gemetzel. Es mochten an die hunderttausend Soldaten gewesen sein, vielleicht noch mehr. Reiner überlegte, und dann fiel es ihm wie Schuppen von den Haaren. Das, was er gesehen hatte, war die Völkerschlacht! Damals hatten die Alliierten den Kaiser der Grand Nation geschlagen, der zuvor die halbe Welt erobert hatte. Aber das war vor 200 Jahren.

Reiner fand zunächst keine Erklärung für das eben Gesehene. Aber ihm schwante, dass es auch bezüglich der Zeit bizarre Schauspiele geben musste, so wie bei Nordlichtern, die entstehen, wenn der Sonnenwind auf die Atmosphäre trifft. Und von einem Moment auf den anderen stand sein Entschluss fest, nach dem Abi Physik zu studieren. Er musste dem Geheimnis von Raum und Zeit auf die Schliche kommen. (Später lernte er, dass die Vergangenheit nicht für immer vergangen war. Auch wenn die meisten Menschen glaubten, sie sei für immer vergangen und etwas, was längst vergangen war, sei nicht mehr da. Denn auf der untersten Ebene war alle Zeit noch als großes Ganzes vorhanden, so wie ein Buch, das nicht nur die Seite enthält, die man gerade liest.) Doch warum – und das verstand Reiner nicht – passierte so etwas ausgerechnet ihm? Und nicht Dennis oder Klaus? Wobei er zugeben musste, dass er Letzteres gar nicht wissen konnte, weil Dennis und Klaus so etwas garantiert nicht erzählen würden, aus Angst, dann als Spinner dazustehen.

Reiner studiert

Weil Reiner also den Dingen auf den Grund gehen wollte und weil er außerdem intuitiv begabt und musikalisch war, wollte er Physik studieren. Musik und Physik haben nämlich viel gemeinsam, weil alles, was existiert, schwingt. Also auch Atome. Und Töne, das weiß jeder, sind sowieso Schwingungen. Weswegen es gar nicht so weit hergeholt ist, zu sagen, die ganze Welt sei ein riesiges Orchester. Nur, dass niemand weiß, wer das Orchester dirigiert und erst recht nicht, wer die Musik geschrieben hat. Vielleicht kam noch begünstigend hinzu, dass Reiner ausgerechnet in der Stadt wohnte, wo der eingangs erwähnte Goethe studiert hatte, der den Helden seines bekanntesten Werks einen Pakt mit dem Teufel eingehen lässt, auf dass er erkenne, *was die Welt im Innersten zusammenhält.*

Reiner und Pi

Reiner wollte im Grunde nichts anderes. Nur bei den Mitteln, die angeblich den Zweck heiligen, erschien ihm nicht unbedingt das letzte Mittel recht. Weswegen er sich lieber mit Pi einließ, jener irrationalen Zahl, deren Nachkommastellen nie ein Ende haben und die er schon in der Schule bei Herrn Rübezahl aufsagen konnte, mit über hundert Stellen nach dem Komma. Nämlich:

drei Komma eins vier eins fünf neun zwei sechs fünf drei fünf acht neun sieben neun drei zwei drei acht vier sechs zwei sechs vier drei drei acht drei zwei sieben neun fünf null zwei acht acht vier eins neun sieben eins sechs neun drei neun neun drei sieben fünf eins null fünf acht zwei null neun sieben vier neun vier vier fünf neun zwei drei null sieben acht eins sechs vier null sechs zwei acht sechs zwei null acht neun neun acht sechs zwei acht null drei vier acht zwei fünf drei vier zwei eins eins sieben null sechs sieben neun …

Während Rübezahl immer nach der 101. Stelle mit der Bemerkung abbrach, *und so weiter und so fort …* (was ihn ganz besonders ärgerte, weil die Stellen exakt mit dem Regelwerk übereinstimmten), konnte Reiner vor seinen Kommilitonen durchaus Eindruck machen. In gewisser Weise versinnbildlichte Pi das, was er im Grunde seiner Seele spürte und was mit Worten nicht zu beschreiben war. Es war etwas Metaphysisches, etwas, was nicht zu fassen war, was aber andererseits von unendlicher Präzision war, so wie der Zufall. Vielleicht liebte er gerade deshalb diese Zahl, weil sie genau das ausdrückte. Das, wonach er benannt war.

Und so wollte es der Zufall, dass Reiner in der Mathematikvorlesung ausgerechnet neben seinem Bruder Klaus saß, der höhere Mathematik studierte. Normalerweise wären sie sich gar nicht ins Gehege gekommen, wenn Klaus, der drei Jahre älter war, nicht von Professor Leonard erzählt hätte, einem absoluten Unikum. Leonard galt als Kapazität auf dem Gebiet der irrationalen Zahlen und Primzahlen. Er war ein kleiner Mann mit großer Brille und piepsiger Stimme. Seine Bewegungen waren meist gestikulierend und die Haare zerzaust wie bei Einstein. Ihm war es zu verdanken, dass Reiner ein tiefes Verständnis für Zahlen entwickelte. Das lag daran, dass Leonard es verstand, die Mathematik aufs Leben zu übertragen. Zahlen waren seinem Verständnis nach keine vom Menschen geschaffenen Größen, sondern universale, kosmische, so wie die Gravitation. Bestes Beispiel dafür war die Verwirklichung der Exponentialfunktion beim Gehen auf zwei Beinen. Auf den ersten Blick war dieser Vorgang, den man jeden Tag zigfach ausführt, das Einfachste und Normalste von der Welt. Milliarden Menschen legen jeden Tag Milliarden Kilometer zurück ohne auch nur einen Gedanken daran zu verschwenden, welches Wunder sie da eigentlich vollführen. Denn beim Gehen legen die Beine einen Pi-fachen Weg zurück – im Vergleich zum Gesamtkörper. Sie laufen also beschleunigt, während der Körper nicht beschleunigt ist. Trotzdem kommen alle zur gleichen Zeit am Ziel an. Im Grunde, so Leonard, sei das ein Dilemma, weil das eine System beschleunigt ist und das andere nicht. Integral und Differential werden immer wieder identisch, obwohl die Dimensionen verschieden sind.

Reiner schlussfolgerte daraus, dass Zahlen nicht nur quantitative Größen sind, sondern ebenso qualitative. Denn 1 bedeutet sowohl die Zahl eins als auch Identität, wofür das Gehen der beste Beweis ist. Wobei Klaus anmerkte, es funktioniere nur deshalb, weil auch der Körper eine Beschleunigung erfahre. Sie sei nur nicht sichtbar, sondern virtuell – was so viel heißt wie imaginär oder nur gedacht. Darüber musste Reiner schmunzeln, denn er wusste ja, dass Klaus recht hatte. Wie sonst war es zu erklären, dass er – Reiner – die Zahl Pi in schwindelerregender Länge aufsagen konnte. Wobei niemand wusste, was Pi wirklich ist, auch Reiner nicht. Er wusste nur, dass es eine irrationale Zahl ist, dass es keine periodischen Wiederholungen gibt und dass sie unendlich lang ist. Kein Mensch würde je in der Lage sein, sich etwas Unendliches vorzustellen. Trotzdem konnte er eine Aussage treffen, die auf jeden Fall wahr war. Die Tatsache nämlich, dass die komplette Zahlenfolge ausreichte, um alle bisher und zukünftig geschriebenen Bücher in codierter Form zu enthalten. Im Grunde war das nichts anderes als das Theorem von den endlos tippenden Affen.

Reiner und die endlos tippenden Affen

Reiner hatte bei Professor Leonard vom so genannten *Infinite-monkey-Theorem* gehört. Es besagt, dass ein Affe, der zufällig auf einer Computertastatur unendlich lange herumtippt, irgendwann alle Bücher der Welt schreiben wird. Eine von mehreren Varianten des Theorems geht von einer unendlichen Anzahl von Affen aus, die gleichzeitig auf Computertastaturen herumtippen, und dabei unendliche Male diese Werke eintippen.

Da Reiner zuvor Zahlenklassen gehabt hatte, konnte er sich ungefähr vorstellen, welche Zeitabstände hier gemeint waren. Da ging es nicht um 1000 Milliarden Jahre, was eine Billion ist. Auch nicht um 1000 Billionen, was eine Billiarde ist und auch nicht um Trillionen oder Trilliarden von Jahren. Nicht einmal eine Quintillion von Jahren – das sind 10 hoch 100 – wäre überhaupt erwähnenswert. Diese Zahl, die man auch *Googol* nennt, ist gerade mal so groß, dass unser Universum einen Durchlauf absolvieren kann. Danach beginnt alles von vorne … 10 hoch Googol von Jahren. Selbst wenn der Exponent so viele Nullen hätte, dass sie von hier bis zum Stern Sirius reichten … Dann wäre diese Zeitspanne vielleicht gerade mal vergleichbar mit der Lebensspanne einer Eintagsfliege im Verhältnis zu einem Menschenleben. Im Grunde war es völlig egal, welchen Maßstab man wählte, er würde jedes Mal verblassen im Vergleich zu dem, was Unendlichkeit ausmacht.

Reiner und die vielen Welten

Deshalb spann Reiner das Theorem der endlos tippenden Affen noch weiter. Er dachte sich, was für endlos tippende Affen gilt, das gilt am Ende auch für die Welt selber. Auch sie müsste sich nach einer unvorstellbar langen Zeit wiederholen, und zwar genau so, wie sie schon mal war. Mit allem, was sie enthält, mit jedem Menschen und jedem Planeten, mit jedem Baum und jedem Wort. Alles ist nur eine Frage der Zeit oder besser, der

Unendlichkeit! Das Gleiche träfe natürlich auch auf jede andere Welt zu. Im Grunde müssten sich alle nur erdenklichen Welten unendliche Male wiederholen – von Ewigkeit zu Ewigkeit. Reiner war das ausgerechnet bei einem Fußballspiel klargeworden, das im Fernsehen übertragen wurde. Es war ein Weltmeisterschaftsspiel zwischen dem Mutterland des Fußballs und dem Land der Dichter und Denker. Wobei die Dichter und Denker mit 2:0 in Führung gingen, dann den Anschlusstreffer kassierten und … zwei Minuten später auch noch den Ausgleich. Doch der Linienrichter, also der Mann, der entscheiden musste, ob der Ball im Tor war oder nicht, hatte die Fahne gehoben, weil er den Ball nur auf der Linie, aber nicht im Tor gesehen hatte. Allerdings konnte man in der Zeitlupe klar erkennen, dass der Ball zunächst an die Lattenoberkante ging und von dort etwa 30 Zentimeter hinter die Linie. Trotzdem wurde das Tor nicht gegeben und die Dichter und Denker gewannen am Ende 4:1. Aber was wäre gewesen, dachte Reiner, wenn der Linienrichter nur ein paar Zentimeter näher an der Grundlinie gestanden und dadurch den Ball besser gesehen hätte?

Hätte, hätte, Fahrradkette! hörte Reiner sich sagen. Doch schon im nächsten Moment war ihm die Lösung des gesamten Theorems klar – urplötzlich! Es musste auch für jeden Konjunktiv ein Universum geben. Andernfalls wäre unser gesamtes Tun vorbestimmt und wir hätten keinen freien Willen. Selbst wenn sich der freie Wille nur auf alle erdenklichen Universen bezöge und wir in jedem konkreten Universum immer einen vorbestimmten Willen hätten, dann würde das nichts daran ändern, dass es unendlich viele Welten gäbe.

Im Grunde war das nicht viel anders als mit dem Gedanken

daran, was sich jede Sekunde allein auf seinem Planeten abspielte. Schon der Versuch, sich auszumalen, was in einem Moment alles gleichzeitig passierte, überstieg jedes Vorstellungsvermögen. Von einer Sekunde zur anderen starben Menschen. In der gleichen Sekunde, in der Dutzende von ihnen gerade geboren wurden, einen Orgasmus hatten oder sich in die Luft sprengten. Nur gut, dachte Reiner manchmal, dass man von den anderen nichts mitbekam. Aber sie zu ignorieren oder gar ihre Existenz zu leugnen, wäre irrig. So ähnlich, dachte Reiner, müsste es sich auch mit den vielen Welten verhalten. Man bekam von ihnen nur nichts mit. Man glaubte, man sei immer in ein und derselben Welt. Doch es gab unendliche Duplikate, so ähnlich wie es unzählige Zimmer in ein und demselben Haus gibt. Noch dazu auf verschiedenen Etagen. Diese Zimmer waren durch Türen verbunden, durch die man gehen konnte, ohne es zu merken.

Reiner und der große Zauberer

Im physikalischen Sinne bedeutete das, sie waren alle durchdrungen von ein und demselben Raum. Wobei sich Reiner besonders für die Eigenschaften dieses Raums interessierte. Da blieb es nicht aus, dass er im Laufe seines Studiums auf die Arbeiten eines Mannes stieß, der zu Lebzeiten als *der große Zauberer* bekannt war. Nicht etwa, weil er Kaninchen aus schwarzen Zylindern gezaubert hätte, sondern weil er mächtige Blitze durch seinen Körper schickte, ohne dabei eine Miene zu verziehen. Er war aus einem kleinen Land ins größte Land des

Westens übergesiedelt, das man damals *Land der unbegrenzten Möglichkeiten* nannte (weil man schnell vom Tellerwäscher zum Millionär aufsteigen konnte), hatte dort ein Labor eröffnet und den Wechselstrom erfunden. Dabei war ihm aufgefallen – und das ließ Reiner aufhorchen! –, dass jeder elektromagnetische Sender nicht nur Wellen aussendet, die senkrecht zur Ausbreitungsrichtung verlaufen, sondern auch welche, die *in* Ausbreitungsrichtung verlaufen. Sie eigneten sich besonders gut zur drahtlosen Energie- und Informationsübertragung.

Reiner war diese Wellenform schon in den Grundgleichungen der Elektrizitätslehre aufgefallen. Denn in der Urfassung war dort von Potentialwirbeln die Rede, die sich aus dem Vakuum entluden. Doch da einem anderen Mann, der auf dem Gebiet der Elektrizität etwas zu sagen hatte, diese Energieform schleierhaft erschien (weil niemand wusste, wo sie herkam), beschloss man, die Gleichungen zu vereinfachen und nur noch eine Wellenform zuzulassen, die von da an nach dem Mann benannt wurde, der die andere etwas herzlos unter den Tisch hatte fallen lassen.

Als Reiner erkannte, dass diese Vereinfachung zwar dazu geführt hatte, dass jeder Elektriker mit Elektrizität umgehen konnte, dass sie aber gleichzeitig dazu beigetragen hatte, das gesamte Phänomen zu verschleiern – ab diesem Zeitpunkt interessierte er sich nur noch für jene Energie, die da im Vakuum steckte, und vor allem für die Frage, ob es nicht eine Möglichkeit gäbe, sie anzuzapfen.

Reiner macht Musik

Etwa zur gleichen Zeit fing Reiner damit an, Musik zu machen. Er kaufte sich ein Elektropiano und gründete eine Band. Doch die schaffte es nie von der Probe auf die Bühne, weil Reiner viel zu hohe Ansprüche hatte. Aber über drei Ecken stieß er auf eine Tanzband, die einen Klavierspieler suchte. Sie spielte jedes Wochenende in Bars oder auf Tanzsälen. Pro Abend gab es hundert Mark.

Allerdings wollte sich Reiner irgendwann nicht mehr damit begnügen, Tanzmusik einfach nur nachzuspielen. Er wollte eigene Lieder machen. Sein Traum war, in einer Band zu spielen, die in der Stadt, in der er wohnte, ziemlich angesagt war. Sie hing dort an Litfaßsäulen und war auf Plakaten zusammen mit internationalen Topstars abgedruckt. Natürlich spielte sie eigene Stücke, von denen einige sogar im Radio liefen. Als die Band einen Keyboarder suchte, also jemanden, der Klavier spielen und Synthesizer bedienen konnte, war für Reiner die Chance gekommen. Er spielte vor und wurde angenommen.

Reiner wird berühmt

Da die Band gerade einen Fernsehpreis gewonnen hatte, standen gleich mehrere Fernsehproduktionen an und ein Auftritt beim größten Musikfestival des Landes. Es dauerte drei Tage und Reiner traf auf alles, was Rang und Namen hatte. Das Fernsehen war live dabei und überall gab es Auftritte, Interviews und Reportagen. Kurz darauf stürmte ein Titel, den Reiner beigesteuert hatte, die Hitparaden und erreichte Platz Nr. 1. Ein grandioses Gefühl!

Nun konnte sich die Band vor Auftritten kaum mehr retten, man beauftragte ein professionelles Management und schon bald stand die erste Tournee durch das größte Land des Ostens an. (Jenes, das mit dem größten Land des Westens und noch zwei anderen Reiners Land besiegt hatte.) Der Tourmanager war derselbe, der zuvor eine berühmte West-Band betreut hatte (die nach einer großen Spinnenart benannt war) und auch die Auftrittsorte waren dieselben. Bereits nach zwei Tourneen und einem erfolgreichen Album hatte Reiner so viel Geld zusammen, dass er sich ein neues Auto kaufen konnte und ein Haus, um darin zu wohnen.

Doch der Erfolg hielt nicht lange an. Schon bei den nächsten Liedern, die alle Top Ten-Platzierungen erreichten und allesamt aus Reiners Feder stammten, kam es zu Streitigkeiten unter den Kollegen. Da die Stücke gemeinsam arrangiert waren, meldete plötzlich jeder eigene Rechte an. Der Gitarrist für seinen Chorus, der Sänger für seine Interpretation der Gesangsstimme und der Schlagzeuger für den Beat, den er verfeinert hatte. Am Ende war Reiners Urheberschaft gar nicht mehr erkennbar und das Geld strichen klammheimlich Produzententeam und Management ein. So lange, bis der finanzielle Ruin bevorstand und die Band sich schließlich auflöste.

Reiner verstand die Welt nicht mehr. Hatte er doch alles getan, was in seinen Kräften stand, hatte sich eingebracht, zurückgenommen und sogar auf seine Anteile verzichtet. Es hatte nichts gebracht. Außer Haus und Hof, worum es Reiner gar nicht gegangen war, zwei Tourneen und viele erstklassige Lieder, die zwar im Radio liefen, doch an denen jetzt andere verdienten bis zum Ende aller Zeiten.

Reiner ist verliebt

Nach dieser herben Enttäuschung und einer Musikerkarriere im Schnelldurchlauf wandte sich Reiner wieder verstärkt seinem Physikstudium zu. Doch auch nach acht Semestern – Reiner war jetzt 22 – hatte er immer noch keine Freundin, weswegen sich seine Studienkollegen schon über ihn lustig machten. Sogar der Lange und der Dicke hatten eine, nur Reiner nicht. Und das, obwohl er sich nichts sehnlicher wünschte. Vielleicht, so dachte er, hatte die Frau, die er suchte, bereits in der Vergangenheit gelebt oder würde erst noch geboren werden. Oder sie lebte jetzt irgendwo mit einem Banker zusammen, der sie mit viel Geld zufriedenstellte. Allerdings waren solche Gedanken kontraproduktiv und nur dazu angetan, alles noch schlimmer zu machen.

Um es abzukürzen (denn Reiners Geschichte ist im Grunde keine Liebesgeschichte, von denen es schon genügend gibt) …

Er fand seine Herzdame und man muss sagen, sie war durchaus eine ganz Besondere. Nicht nur, dass sie schön war, ja, ihr ganzes Wesen war von einer solchen Leichtigkeit, dagegen verblasste alles Elend der Welt.

Im Nachhinein kam Reiner die Zeit mit ihr wie ein Traum vor, wie ein Rausch oder ein nie enden wollender Exzess. Gerade deswegen war er nicht von Dauer und zerplatzte irgendwann, wie jeder Traum einmal zerplatzt.

Reiner fällt in ein tiefes Loch

Umso schlimmer war die Zeit danach, sodass Reiner in ein tiefes Loch fiel. Wobei hier kein buchstäbliches Loch gemeint ist, in das man hineinfallen kann. Denn die Wahrscheinlichkeit, in ein richtiges Loch zu fallen, ist gering. Schon deshalb, weil Löcher meistens abgesperrt sind, weswegen man nicht in sie hineinfallen kann. Ganz anders hingegen ist das bei Löchern, die in unseren Köpfen entstehen, dadurch, dass auf einmal fürchterliche Gedanken da sind, gegen die man nichts tun kann. Jedenfalls glaubt man das. Auch Reiner glaubte das, wobei die schlimmen Gedanken dazu führten, dass er auch schlimme Gefühle hatte. Er fühlte sich matt und leer und kam sich dabei völlig nutzlos vor. Er glaubte sogar, sein Leben hätte keinen Sinn mehr. Es war so, als hätte er im Lotto gewonnen und am Tag darauf hätte der Aufsichtsbeamte die Ziehung für ungültig erklärt, weil sich zwei Kugeln im Mischautomaten verfangen hatten.

Reiner drohte zusammenzubrechen wie ein Haus inmitten eines Wirbelsturms. Er glaubte zu sterben und nie wieder das Licht des Lebens und der Liebe zu erblicken. Vor lauter Traurigkeit verfinsterte sich sein Gemüt so sehr, dass es drohte, zu einem schwarzen Loch zusammenzuschrumpfen, das alles, was Reiner ausmachte und am Leben hielt, mit sich riss. Dieser Zustand hielt tagelang, sogar wochenlang an und das Einzige, was er tun konnte, war schreiben. Das hieß, er fing an, Tagebuch zu schreiben und all seinen Kummer und all seine Nöte diesem Buch anzuvertrauen. Das war das Einzige, was ihn am Leben hielt. Er hatte keinen Appetit mehr und sogar das Schlafen fiel ihm schwer. Er fühlte sich wie ein Ausgestoßener oder wie ein Geist, der wusste, dass er nicht von dieser Welt war. Als Reiner nicht einmal mehr die Kraft aufbrachte, sich aus der Kaufhalle etwas zu Essen zu holen, ging er zum Arzt, der sofort merkte, was mit ihm los war und ihn in die Psychiatrie steckte.

Reiner kommt in die Psychiatrie

Eine Psychiatrie, auch Klapsmühle genannt, ist ein Krankenhaus, in das Menschen eingeliefert werden, die im Kopf nicht ganz dicht sind oder – wie in Reiners Fall – die nicht ganz bei Trost sind. Sie haben keine normale Krankheit, die man ihnen ansieht oder abnimmt, sondern eine unsichtbare, die man ihnen nur anmerkt. Wodurch? Dadurch, dass sie sich anders verhalten als normale Menschen.

Wobei die Grenze zwischen normal und unnormal nicht immer klar ersichtlich war. Fast hatte es den Anschein, als sei die ganze Gesellschaft eine einzige Mühle. Zwar sah man ihr das von außen nicht an, doch hinter der glitzernden Fassade bröckelte es gewaltig. Da gab es Piloten, die Flugzeuge mutwillig zum Absturz brachten oder Schüler, die an ihren Schulen Massaker anrichteten. Terroristen, die unzählige Menschen mit Lastwagen überfuhren oder durch Selbstmordattentate töteten. Es gab aber auch Millionen von Teenagern, die nicht mehr ohne Handy leben konnten, weil sie jeden Tag zehn bis zwölf Stunden damit verbrachten und durchdrehten, wenn man sie ihnen wegnahm. Oder Spielsüchtige, die in weltweite Online-Spiele verwickelt waren und nicht mehr vom Bildschirm wegkamen.

Daran hatte man sich längst gewöhnt, so wie man sich an Autounfälle gewöhnt hatte.

Reiner bekam schnell mit, dass die Krankheiten der Seele und des Geistes verpönt waren wie zu anderen Zeiten die Juden oder die Bastarde. Mit ihm auf dem Zimmer lagen Leute, ganz normale Leute, die sich total überarbeitet hatten und dadurch völlig ausgebrannt waren. Sie konnten sich an nichts mehr erfreuen und hingen den ganzen Tag nur rum. Andere waren auf Arbeit schikaniert worden, was man Mobbing nannte, und wieder andere aßen kaum etwas oder sie mussten sich ständig übergeben, was man als Magersucht bezeichnete.

Was Reiner betraf, so wurde er erst einmal ruhiggestellt und mit Tabletten abgefüllt, was zeitweise gar nicht so schlecht war. Denn dadurch wurde man unsagbar dösig, fast schläfrig und alles ging einem am Arsch vorbei. Unter seinen Mitpatienten war auch ein Psychiater. Das ist jemand, der eigentlich dazu da war, solche Patienten wie Reiner zu heilen. Doch er war vor lauter Überarbeitung selber depressiv, also trübsinnig, geworden. Von ihm erfuhr Reiner, dass das Gefühl der Depression, also das Gefühl von Sinnlosigkeit und Einsamkeit, ein Zeichen dafür sei, dass man in eine große Bewusstseinstiefe geführt werde, was ein Signal sei für Erneuerung.

Reiner ist sehnsüchtig

Da Reiners seelische Erneuerung nicht darin bestand, schwul oder androgyn zu werden, dauerte es viele Wochen und Monate, bis er das Trauma mit seiner Herzdame – sie hieß Maria

– überwunden hatte. Doch die Erfahrung, die er immer wieder machte, war die, dass er das, was er wollte, einfach nicht bekam. Er bekam immer das, was er nicht wollte, meist in Gestalt von älteren Frauen, die ihn liebten und verhätschelten. Doch die jüngeren, die, auf die er's abgesehen hatte, die bekam er nicht. Sie ließen ihn entweder sitzen oder wollten erst gar nichts von ihm wissen. Es war wie verhext. Er konnte machen, was er wollte, es war immer das Gleiche. Selbst als er irgendwann dahinterkam, warum das so war, nützte ihm das nichts. Er wusste nur, dass seine Mutter in den ersten Jahren seines Lebens kaum da war, weil sie Dienst bei der Telecom hatte. Auch der Vater kam nie vor abends um sieben nach Hause, sodass Oma Edda die häuslichen Pflichten übernehmen musste, wozu auch Reiners Erziehung gehörte. Deshalb musste Reiner immer mit Oma Edda vorliebnehmen. Sie überschüttete ihn mit Liebe, die er nicht erwidern konnte, weil er natürlich die Liebe der Mutter wollte. Doch die bekam er nicht, weil sie keine Zeit für ihn hatte, weswegen sich Reiners Synapsen – das sind die Verknüpfungen der Hirnzellen – beizeiten so verschalteten, dass die Dinge in der Außenwelt dementsprechend Gestalt annahmen. Das Verrückte dabei war, dass Reiner zwar die Schwerkraft aufheben konnte, nicht aber die Auswirkungen seiner Erziehung.

Ja, es war sogar so, dass er, je mehr er sich nach einer Frau seines Muttertyps sehnte, sie umso weniger bekam. Also, schlussfolgerte Reiner, wäre es das Beste, einfach gar nichts zu begehren, nicht einmal daran zu denken. Doch wie sollte das gehen? Er wollte es nun mal und sehnte sich danach. Dabei fiel ihm auf, dass in dem Wort Sehnsucht das Wort *Sucht* steckte, so wie in dem Wort *Alkoholsucht* oder *Drogensucht*. Das offenbarte einen tieferen Sinn, nämlich den, dass man erst von der Sucht loskommen musste, bevor man das bekam, was man suchte. Aber auch in dem Wort *sucht*e steckte das Wort *Sucht*, was wiederum versinnbildlichte, dass *suchen* eigentlich das falsche Wort war. Die einzig richtige Lösung wäre das Gegenteil von Sucht, also die Nicht-Sucht, was bedeutet: nicht suchen, sondern finden! Insofern war der Bibelspruch *Suchet, so werdet ihr finden* völlig irreführend und regelrecht falsch, wenn man ihn auf das krampfhafte Suchen im Außen bezieht. Reiner kannte das. Immer dann, wenn er's eilig hatte, wenn er einen wichtigen Termin hatte, kam alles Mögliche dazwischen. Zumindest ein ständiges Rot an der Ampel. Hatte er aber Zeit und war völlig entspannt, dann hatte er Grün ohne Ende.

Hinter der Sehnsucht nach etwas und dem unbedingt Haben Müssen steckte also das gleiche Prinzip. Es war das Prinzip der Schwere, der Verkrampfung. Man war dann nicht locker, sondern gehemmt. Und das wiederum zog eine ganze Ereigniskette mit sich, aus der es kein Entrinnen gab. Das war der Grund dafür, dass dort, wo schon Geld war, immer noch mehr dazukam, so wie jemand, der schon erfolgreich war, durch den Erfolg noch erfolgreicher wurde. Im Gegensatz dazu wird jemand, der tagtäglich in bitterer Armut lebt, dem Elend nie entkommen. Er wird beschissene Jobs annehmen und nicht wissen, wie er seine Familie durchbringt. Er wird in ständiger Anspannung leben, bei der einfach nichts gelingt. Manchmal sah es für Reiner so aus, als ob Gott die Armen verlache, als ob er auf der Seite der Reichen stünde. Was natürlich Unsinn war, das wusste er selber. Auch die Gravitation machte nicht vor einem guten Menschen halt. Ihr war es egal, ob der Mensch, den sie in die Tiefe reißt, gut oder böse ist. Überhaupt schienen Kategorien wie gut und böse in diesem, seinem Universum nicht von Belang zu sein.

Reiner schreibt seine Abschlussarbeit

Da Reiner nicht nur Physiker war, sondern auch Musiker, war ihm ein allgemeines Prinzip sehr vertraut, nämlich das der Resonanz. Er wusste, wie man Töne erzeugen konnte, nämlich dadurch, dass man die Zinken einer Stimmgabel in Schwingung versetzte, die dann ihrerseits die Luftsäule dazwischen zusammendrückte und wieder auseinanderzog. Je nach dem, was für eine Stimmgabel man hatte, also je nach dem, wie lang die Zinken waren und welchen Abstand sie zueinander hatten, konnte man einen ganz bestimmten Ton erzeugen. Zum Beispiel den Kammerton A, der 440 Mal in der Sekunde schwingt, während der Ton C nur 264 Mal schwingt. Dieses Prinzip machte sich Reiner zunutze und wendete es auf den leeren Raum an, der seiner Ansicht nach nicht wirklich leer war. In der Schule hatte er noch gelernt, Vakuum sei nichts und wo nichts ist, könne auch keine Energie sein. Doch Reiner wusste, dass das Vakuum angefüllt war mit einer nicht schwingenden Form von Energie. Diese brauchte man nur umwandeln in eine klassische. Dazu verwendete er einen Resonator, der mit der Raumenergie wechselwirkte, so wie eine Stimmgabel mit der Luft. Zwar lag die Stromausbeute nur bei 0,5 Watt, aber sie war deutlich messbar und kam eindeutig aus dem Vakuum.

Als er das seinem Professor vorführte, war der völlig perplex. Er konnte kaum fassen, was Reiner da bewirkt hatte. Er ließ ihn noch einige Versuchsreihen machen, denn die Ergebnisse müssten wiederholbar und vor allem nachvollziehbar sein. Doch auch eine Woche später waren die Messergebnisse immer noch die gleichen, nur dass die Stromausbeute aufgrund eines verbesserten Resonators jetzt bei 1,5 Watt lag. Das Erstaunliche dabei war, dass eine kleine Glühbirne, die jetzt zwischengeschaltet war, ununterbrochen leuchtete. Wobei der Professor vorausgesagt hatte, dass die Raumenergie über ein konstruktives Verhalten verfüge, was zur Folge habe, dass sie sich per Resonanz immer wieder anreichere.

Ab da stand für Reiner das Thema seiner Abschlussarbeit fest:

Wandlung von Vakuumenergie elektromagnetischer Nullpunktsoszillationen in klassische mechanische Energie.

Doch Professor Hinterwäldler, ein Kerl wie ein Schrank mit einem quadratischen Schädel und kurzgeschorenen Haaren, zweifelte die Messergebnisse an. Er war der Vorgesetzte des Professors und gehörte an der Universität zu den einflussreichsten Professoren, weil er alles ablehnte, was seiner Meinung nach nicht ins gängige Weltbild passte. Und selbst wenn die Angaben stimmen würden, seien sie noch lange kein Beweis für irgendwas.

Daraufhin führte Reiner eine Woche später ein kleines Boot vor, das mit einem Elektromotor ausgerüstet war, der über keine herkömmliche Energiequelle verfügte. Lediglich ein Segel aus Alufolie fing die Neutrinoenergie des Raumes ein, die über einen Resonator in elektrische Energie umgewandelt wurde. Für Hinterwäldler ein Ding der Unmöglichkeit, um nicht zu sagen, völliger Humbug. Aber die Schiffsschraube drehte sich und das Boot fuhr. Daraufhin ließ er sich das Boot geben, konnte aber weder ein Batteriefach, noch eine Knopfzelle entdecken. Dahinter könne nur ein Trick stecken, denn das Boot verstieße gegen den Energieerhaltungssatz.

Darauf meinte der Professor, der Energieerhaltungssatz gelte nur für geschlossene Systeme. Die Welt selber sei aber ein offenes System, das energetisch aus dem Vakuum versorgt werde. Ohne Vakuum gebe es keine Welt. Wer das anzweifle, erweise der Wissenschaft einen schlechten Dienst.

Hinterwäldler, der nicht nur schwerfällig war, sondern auch sehr langsam dachte (was durch eine ungewöhnlich schleppende Sprache zum Ausdruck kam, mit nervenden Pausen zwischen den einzelnen Sätzen), verweilte einen Moment auf der Stelle. Dann wandte er sich Reiner zu und fragte, wie viele Versuchsreihen er denn gemacht habe.

Es seien einhundert gewesen, antwortete Reiner. Wobei in 99 Prozent aller Fälle das gleiche Ergebnis herausgekommen sei.

Der Professor hielt das Protokoll hin, das ihm Hinterwäldler förmlich aus der Hand riss, um es mit den Augen zu verschlingen. Nachdem er damit eine Weile unruhig hin und her gelaufen war, gab er es dem Professor zurück, blickte durch das Laborfenster nach draußen und sagte ohne den Blick zu wenden, er glaube nicht an diese Ergebnisse. Aber sollten sie sich tatsächlich bestätigen …

Er machte eine Pause, die endlos zu sein schien, weshalb der Professor zunächst mit einem *Ja?* dazwischenging. Vielleicht, weil er hoffte, Hinterwäldler würde seinen Standpunkt noch ändern. Doch er tat nichts dergleichen und meinte nur, in diesem Fall könne man den Laden hier dichtmachen.

Für einen Moment herrschte betretenes Schweigen.

Dann verlangte er, die Ergebnisse vorerst zurückzuhalten. Er wolle unter keinen Umständen, dass davon irgendetwas nach draußen dringe. Ob sie sich verstanden hätten?

Der Professor antwortete, er habe verstanden, was er damit sagen wolle, und verließ ohne ein weiteres Wort das Labor.

In der darauffolgenden Woche wurde Reiners Abschlussarbeit mit *ungenügend* bewertet, was zur Folge hatte, dass er trotz bestandener Prüfungen und einem Gesamtdurchschnitt von 1,1 keinen staatlich anerkannten Abschluss bekam. Man bot ihm an, die Abschlussarbeit zu wiederholen – zu einem anderen Thema. Doch das kam für Reiner nicht infrage, weil er damit seine Seele verkauft hätte.

Dafür arbeitete er weiter mit seinem Professor zusammen, der Reiners Raumenergie-Konzept noch verbesserte und weltweit bekannt machte. Mit ihm zusammen fuhr er zu Vorträgen oder auf Messen, die das Thema *Alternative Energien* zum Inhalt hatten. Allerdings blieb das auch für den Professor nicht ohne Folgen. Denn der Dekan beschimpfte ihn öffentlich als Esoteriker und verbot ihm ausdrücklich, seine pseudowissenschaftlichen Behauptungen an der Hochschule publik zu machen. Auch Kollegen anderer Universitäten fielen nun über ihn her und verbreiteten Lügen über ihn. Als er ein Forschungssemester absolvierte, fasste die Fakultät in seiner Abwesenheit einen Beschluss, der gleich im Netz veröffentlicht wurde. Darin gaben sich die Kollegen selbstherrlich als Fachwelt aus, während er – zum Chairman berufen – im Land des roten Halbmonds mit der echten Fachwelt das Thema Raumenergie diskutierte.

Reiner dirigiert den Feuervogel

Doch schon kurze Zeit später schien der endgültige Durchbruch gekommen. Denn der Professor bekam eine Einladung von einer renommierten Universität im größten Land des Westens, wo er einen breit angekündigten Vortrag halten sollte. Natürlich nahm er Reiner mit, denn die vielleicht größte wissenschaftliche Anerkennung seiner beruflichen Laufbahn hatte er schließlich ihm zu verdanken. Aber alles kam anders. Ganz anders.

Denn während beide schon im Flieger über den großen Teich saßen, nahm der Dekan, der den Professor einen Esoteriker genannt hatte, unter Missbrauch seiner Amtsbefugnisse telefonisch Einfluss auf den Veranstalter und verhinderte so den Vortrag. Wahrscheinlich wären beide unverrichteter Dinge wieder nach Hause geflogen, wenn Reiner nicht auf der Fahrt vom Flughafen Plakate gesehen hätte, auf denen Strawinskys *Feuervogel* groß angekündigt war. Jenes Ballett, das er so liebte und das er in- und auswendig kannte. Also fuhren sie am Abend ins *Symphony Center*, wo das Sinfonieorchester der Stadt das Stück zum Besten geben sollte.

Schon vor dem Eingang herrschte dichtes Gedränge. Mehrere Übertragungswagen des Fernsehens standen an der Seite. Es gab nur noch wenige Karten an der Abendkasse und in der großen Eingangshalle hatte sich bereits eine angeregte Menschenmenge versammelt. Ein riesiger Kronleuchter erstrahlte in der Mitte der Halle, alles war hell erleuchtet und der Geruch von feinem Parfüm lag in der Luft.

Als Reiner und der Professor an der Reihe waren, gab es nur noch eine Karte. Die Schalterangestellte meinte jedoch, man solle sich einfach ins Foyer stellen, dort würden meistens noch Restkarten zurückgegeben. Also beobachteten beide eine Weile die Szenerie. Doch sie konnten niemanden entdecken, der noch Karten verkaufte. Stattdessen geschah etwas Unvorhergesehenes, womit niemand gerechnet hatte.

Im hinteren Bereich der Vorhalle entstand auf einmal ein Tumult. Reiner konnte zunächst nicht erkennen, warum. Er sah nur einen älteren Herrn im Nadelstreifenanzug am Boden liegen, halb sitzend und nach Luft ringend, wobei ein Mann und eine Frau sich redlich um ihn bemühten. Andere telefonierten angestrengt und liefen aufgeregt zum Seitenausgang. Als Reiner und der Professor dazukamen, war von draußen ein Martinshorn zu hören und kurz darauf eilten zwei Sanitäter mit einer Trage herbei. Schnell wurde der Herr im Nadelstreifenanzug auf die Trage geschnallt und abtransportiert. Doch vor Ort hatte sich die Lage keinesfalls entspannt. Im Gegenteil: Die Aufregung schien sogar noch zuzunehmen. Etliche Leute gestikulierten, andere telefonierten oder schauten verstört drein. Wobei ein Mann im schwarzen Frack den Eindruck erweckte, jeden Moment die Fassung zu verlieren. Es war, wie sich herausstellte, der Direktor des *Symphony Centers* und der ältere Herr im Nadelstreifenanzug war der Dirigent gewesen, der offenbar eine Herzattacke erlitten hatte. Da sein Ersatzmann nicht ans Handy ging, war die allgemeine Ratlosigkeit groß, wer denn nun in Gottes Namen dirigieren sollte. Ein Eklat stand kurz bevor.

Da meldete sich Reiner und sagte, er könne im Ernstfall dirigieren. Er kenne das Stück in- und auswendig.

Der Direktor zeigte sich erstaunt und fragte, ob er Dirigent sei.

Reiner warf dem Professor einen jähen Blick zu, worauf der irgendetwas erwiderte, was im allgemeinen Durcheinander unterging.

Mit den Worten *Kommen Sie!* zog der Direktor Reiner am Arm und verschwand mit ihm in der Eingangshalle.

Hinter der Bühne wurde er zunächst dem Chefchoreografen vorgestellt, um grundlegende Abläufe abzusprechen, dann dem 1. Konzertmeister, wobei sich Reiner Notizen auf einen Zettel machte, den er dann mit nach vorn nahm und aufs Notenpult legte. Viel Zeit war nicht mehr, denn pünktlich um 20 Uhr sollte mit der Liveübertragung begonnen werden.

Etwa fünf Minuten nach 20 Uhr betrat Reiner schließlich unter Beifall den Orchestergraben, nahm seinen Platz am Dirigentenpult ein, hob den Taktstock … und schon war er mittendrin im nächsten Abenteuer, in einem der lichtesten Momente seines Lebens. Zunächst begannen die Streicher mit leisen Auf- und Abwärtsbewegungen, die immer lauter wurden, bis schließlich düstere Bläser hinzukamen, die das exotische Bühnenbild untermalten, den Garten des Zauberers, der den Feuervogel gefangen hielt. Reiner dirigierte, als hätte er zeitlebens nichts anderes gemacht, und spätestens am Ende der ersten Szene hatte er das Orchester voll hinter sich, das nun – wie von Zauberhand geführt – mit einer Intensität zuwerke ging, die so noch nie erreicht wurde. Das Publikum war überwältigt. Zum Schluss gab es minutenlange Beifallsstürme, sodass der Tanz des Feuervogels als Zugabe gespielt werden musste. Auch danach hatten die Leute noch nicht genug. Immer wieder wurde das Ballett auf die Bühne geholt, immer wieder standen die Musiker auf und verbeugten sich und immer wieder bekam Reiner Standing Ovations.

Als die Vorstellung beendet war und die Leute in die Eingangshalle strömten, kam der Professor als Erster auf Reiner zu. Er konnte nicht fassen, was er gerade erlebt hatte und seine Begeisterung kannte keine Grenzen. Und dann stürzten wie auf Kommando Reporter und Fotografen auf Reiner zu und im Nu befand er sich inmitten eines Blitzgewitters. Ein Reporter fragte, woher er komme, er habe seinen Namen noch nie gehört. Darauf erklärte Reiner, er sei von Haus aus gar kein Dirigent, sondern nur ein Gast, der sich rein zufällig eingefunden hätte. Er sagte, er sei total überwältigt und sehr froh darüber, dass er hier und heute einspringen durfte. Er hätte schon immer mal den *Feuervogel* dirigieren wollen und hoffe, man nehme es ihm nicht übel, dass er im zweiten Akt den Auftritt der Monster verschlafen habe.

Er habe damit den Abend gerettet, meinte der erste Reporter, und Millionen Fernsehzuschauer vor einer großen Enttäuschung bewahrt. Ganz abgesehen davon, was es für das Symphony Center bedeutet hätte, die Veranstaltung abzusagen. Doch ein kleiner Mann im schwarzen Frack, den Reiner als einen der ersten Geiger erkannte, sagte, auch im *Reigen der Prinzessinnen* sei der Einsatz für die Streicher nicht gekommen.

Aber egal. Am Ende bedankte sich sogar der Direktor des Symphony Centers bei Reiner, mit der Bitte, ihm seine Honorarrechnung zukommen zu lassen (er hatte nicht mitbekommen, dass Reiner gar kein Dirigent war). Auch ein Vertreter der Stadtverwaltung war des Lobes voll und nicht zuletzt der Kulturdezernent, der Reiner und seinen Professor für den nächsten Abend zum Essen einlud. Also blieben beide noch bis zum übernächsten Tag, an dem eine Stadtbesichtigung anstand. Für den Nachmittag wurde schließlich der Rückflug gebucht.

Reiner sieht ein UFO

Als die Maschine um 16.25 Uhr starten sollte, passierte zunächst gar nichts. Denn bei einer Dame, die Reiner schon in der Abfertigungshalle wegen ihres tollen Halsschmucks bewundert hatte, war eine Art Bombe gefunden worden, die sich jedoch als Vibrator entpuppte (wahrscheinlich war er von alleine angegangen und hatte dadurch den Alarm ausgelöst). Die Dame bekam nun maximale Aufmerksamkeit, denn gleich mehrere Polizeiwagen standen mit Blaulicht Gewehr bei Fuß, noch dazu ein Rettungswagen. Dann, eine Viertelstunde später als vorgesehen, wurden die Türen geschlossen und die Triebwerke angelassen.

Doch wer nun glaubte, die Maschine würde jetzt aufs Rollfeld fahren, wurde eines Besseren belehrt. Nichts dergleichen geschah, außer dass die Triebwerke wieder runtergefahren wurden.

Reiner registrierte, wie einige Leute in der Kabine gebannt aus den Bullaugen starrten, als ob es da draußen etwas Besonderes zu sehen gäbe. Es musste etwas sein, was sich in größerer Höhe über dem Flughafen befand, weil die Leute alle nach oben sahen. Und tatsächlich! Direkt über dem Tower von Gate 17, in etwa 200 Meter Höhe, stand etwas in der Luft. Es war ein rundes, diskusförmiges Objekt von etwa 25, 30 Meter Durchmesser. Reiner sah ganz genau hin, aber es bestand kein Zweifel. Das, was er sah, war weder ein Hubschrauber noch ein Ballon, weder ein Zeppelin oder Senkrechtstarter. Es war eindeutig eine fliegende Untertasse.

Reiner hatte schon des Öfteren von solchen Objekten gehört, die man gemeinhin UFOs nannte. Die meisten dieser Sichtungen waren erstunken und erlogen. Sie stammten von Leuten, die sich einfach nur wichtig machen wollten oder denen es Spaß machte, in eine normale Sommerlandschaft ein paar fliegende Untertassen hineinzukopieren. Doch für fünf Prozent aller UFO-Sichtungen gab es keine natürliche Erklärung oder zumindest keine, die von dieser Welt war. Davon hatte Reiner gehört. Aber gesehen hatte er so was noch nie.

Er hatte auch von einem Zwischenfall gehört, bei dem die Beteiligten ranghohe Militärs waren, die man nicht einfach als Spinner abtun konnte. Damals war in einem Militärgebiet ein UFO gelandet, das ein Offizier sogar mit der Hand berührt hatte. Auf der Oberfläche waren Symbole gewesen, die an ägyptische Hieroglyphen erinnerten.

Doch bei dem Objekt über dem Tower konnte Reiner keine Markierungen erkennen. Es war völlig anonym. Aber er konnte sehen, dass die Unterseite der Untertasse schnell rotierte. Etwa zwei Minuten dauerte dieses Schauspiel. Dann, auf einmal, von einer Sekunde auf die andere, schoss der Diskus durch die dichte Wolkendecke und hinterließ ein Loch, durch das man den blauen Himmel sehen konnte. Beeindruckend!

Dem Professor, der nicht wirklich an UFOs glaubte, blieb der Mund offen stehen. Dann wurden die Triebwerke ein zweites Mal angelassen und die Maschine startete, als sei nichts gewesen.

Reiner und die beste aller Welten

Während des Rückflugs dachte Reiner über das eben Gesehene nach. Vor allem darüber, wie es einzuordnen war. Denn seit dem Zwischenfall im *Rendlesham Forest* waren mehr als 30 Jahre vergangen und die Welt hatte sich ein ganzes Stück weitergedreht. Dahingehend, dass der eine oder andere Astronom jetzt die Einzigartigkeit seines Planeten anzweifelte. Täglich wurden Sterne entdeckt, die Planeten hatten, ja, es war von einer ganzen Flut solcher Planeten die Rede, die man *Exoplane-*

ten nannte. Viele von ihnen lagen genau in der richtigen Zone, um Leben zu beherbergen. Genau genommen gab es Tausende, sogar Millionen! Trotzdem glaubte niemand ernsthaft daran, dass es so einen schönen Planeten wie den eigenen noch mal geben könnte, geschweige denn mit intelligentem Leben. Was dem Umstand geschuldet war, dass der Mensch nur ungern von der lieb gewonnenen Vorstellung losließ, sich als einzigartig zu betrachten, als Krone der Schöpfung! Noch dazu in dem Glauben, *in der besten aller möglichen Welten* zu leben, wie ein berühmter Mann einst meinte.

Dieser Mann hieß Leibniz und weil er in derselben Stadt geboren war wie Reiner, gab es dort ein Denkmal von ihm – also von Leibniz, nicht von Reiner, denn den kennt ja keiner –, weswegen sich Reiner manchmal fragte, und erst recht nach dem Vorfall eben, was den alten Leibniz zu der Annahme verleitet haben könnte, in der besten aller Welten zu logieren. Gut, von seinem Standpunkt aus betrachtet, also von Leibniz aus, mochte das stimmen. Zumal sein Leben so verlaufen war, dass er durchaus den Eindruck gewinnen konnte, er lebe in der besten aller Welten. Doch seine Aussage bezog sich auf den Menschen an sich, nicht auf den Menschen Leibniz. Oder aber, schlussfolgerte Reiner weiter, Leibniz hatte schon die *Viele Welten-Theorie* vorweggenommen, dahingehend, dass er glaubte, in allen anderen Welten könne er nur noch schlechter abschneiden, weswegen er die gerade angesagte für die beste hielt.

Reiner indessen glaubte keine Sekunde daran. Wie verblendet musste man denn sein, die Welt des Menschen, der gerade erst dem Tierreich entsprungen war, als beste aller Welten anzusehen? Eine Welt, in der das Gesetz der Prärie dominierte, wo der

Stärkere den Schwächeren unterdrückte und wo jeder glaubte, das sei die Regel, nach der die Welt funktioniert. Das grenzte nicht nur an Größenwahn … Das war Größenwahn! Und ein Arschtritt noch dazu für all die Millionen, ja Milliarden Erdenbürger, die leider Gottes nicht Leibniz sein konnten, die sich den Arsch aufreißen mussten für Kaiser, Volk und Vaterland. Denn die Geschichte des Menschen war im Grunde immer eine Geschichte des Krieges. Ob im Großen oder im Kleinen. So gesehen war auch das Leben des Einzelnen kein Zuckerschlecken, nicht einmal ein Nullsummenspiel. Das wussten schon die alten Griechen. Ihrer Ansicht nach überwog eindeutig das Leid und wenn man ehrlich sei und sich nicht die Taschen vollhaue, müsse man das anerkennen. Die Frage war nur, ob das für immer so bliebe.

Vielleicht, dachte Reiner weiter, ist das Leben auf diesem Planeten eine Art Seelen-Vollzugsanstalt. Manche werden vielleicht irgendwann entlassen und sind dann in Freiheit. Doch die meisten werden wohl bis ultimo darin gefangen bleiben. Vielleicht haben das die Insassen der Untertasse innerhalb von zwei Minuten gecheckt und sind Hals über Kopf wieder abgezogen.

Eine Woche nach Reiners glorreichem Auftritt im größten Land des Westens jenseits des großen Teichs landete ein Brief in seinem Kasten. Der Brief einer Anwaltskanzlei. Reiner begriff zunächst nicht, worum es ging. Doch prompt wurde klar, dass ihn der Dirigent, den er vertreten hatte, verklagt hatte. Seine Anwälte warfen Reiner schwerwiegende Persönlichkeitsrechtsverletzungen vor. Es bestehe ein Anspruch des Verletzten auf Ersatz des immateriellen Schadens, der ihm dadurch entstanden sei. Der immaterielle Geldentschädigungsanspruch ergäbe sich aus § 823 Absatz 1 des Bürgerlichen Gesetzbuchs und betrage umgerechnet 50.000 Euro.

Unglaublich, dachte Reiner, und übertrug den Rechtsstreit einer Anwaltskanzlei. Die zwar klarstellte, dass der Eingriff in das Persönlichkeitsrecht des Verletzten durch schutzwürdige Interessen Dritter gerechtfertigt war, doch der Gegenanwalt schmetterte den Einwand ab mit der Begründung, Reiner habe vorsätzlich gehandelt und sei in die Rolle des Verletzten geschlüpft, obwohl er erstens gar kein Dirigent sei. Zweitens habe er Millionen Fernsehzuschauer getäuscht, die in dem Glauben waren, der Verletzte habe die Aufführung geleitet – wodurch ihm ein beträchtlicher Imageschaden entstanden sei – und drittens habe sich Reiner mit fremden Federn geschmückt, wodurch in der Summe der Tatbestand eines schweren Eingriffs in die Persönlichkeitsrechte des Verletzten erfüllt sei. Reiner müsse dafür die alleinige Verantwortung übernehmen, auch wenn der Veranstalter eine Mitschuld trage. Er hätte die Veranstaltung absagen und neu anberaumen müssen.

Am Ende einigte man sich auf eine Strafzahlung in Höhe von 10.000 Euro, wobei Reiner vom Symphony Center 8.900 Euro Honorar erhalten hatte, sodass er nur noch 1.100 Euro auf Ratenzahlung abbezahlen musste. Was nicht so schlimm war, weil er ja von der Universität jenseits des großen Teichs die Flug- und Hotelkosten erstattet bekommen hatte, was mindestens so viel wert war. Ganz zu schweigen davon, dass er etwas ganz Besonderes erlebt hatte, was ihm keiner nehmen konnte. Das durfte man nicht vergessen.

Reiner ist im Radio

Ein halbes Jahr später endete die Zusammenarbeit mit dem Professor abrupt, weil seine Assistentenstelle ersatzlos gestrichen wurde. Also musste sich Reiner überlegen, wie es nun weitergehen sollte. Als Technischer Mitarbeiter in irgendeinem Labor zu arbeiten, kam für ihn nicht infrage. Dann schon eher als Mitarbeiter beim Radio oder irgendwo, wo Musik gefragt war oder wo er mit seiner Stimme punkten konnte. Da traf es sich gut, dass der private landesweite Radiosender – Reiners Lieblingssender – gerade Tag der offenen Tür hatte. Reiner war beizeiten dort, in der Hoffnung, vielleicht in irgendeiner Weise interessant zu sein.

Doch zunächst war die allgemeine Aufregung groß, weil die beiden Star-Moderatoren auf der Autobahn feststeckten. Ein Ende war nicht abzusehen. Als Reiner gefragt wurde, welche Talente er mitbrächte, die fürs Radio von Vorteil wären, fiel ihm zunächst nichts ein. Dass er Flugzeuge landen, Pi aufsagen oder an der Decke schweben konnte, hätte hier niemanden interessiert. Auch nicht, dass er Nr. 1-Hits schreiben konnte. Aber Reiner konnte noch mehr. Zum Beispiel Stimmen imitieren. Als er durchblicken ließ, dass er das könne, wurde er gefragt, ob er denn auch die Stimmen der beiden Moderatoren imitieren könne, die gerade im Stau steckten, in einer Massenkarambolage, wobei niemand wisse, ob sie heute überhaupt noch aufkreuzten.

Kein Problem, meinte Reiner und legte einen astreinen Dialog zwischen den beiden hin, so als stünden sie leibhaftig im Studio. Der Programmchef war begeistert und verpflichtete Reiner auf der Stelle, den heutigen Sendetermin zu übernehmen. Jeden Tag würden Millionen Hörer einschalten, um bloß nicht die beiden Moderatoren zu verpassen. Dass sie ausgerechnet heute fehlten, wäre für den Sender eine Riesenblamage.

Also wurde Reiner umgehend in die Technik eingewiesen, bekam sogar den Musikredakteur an die Seite, der sich ums Einlegen der CDs kümmerte, sodass er sich voll aufs Imitieren der Stimmen konzentrieren konnte und auf die Dialoge, die er so präsentierte, wie ihm der Schnabel gewachsen war.

Am Ende wurde die Sendung ein voller Erfolg und der Sender kletterte in der Hörergunst weiter nach oben. Kein Einziger bekam mit, dass die Moderatoren gar nicht im Studio waren. Lediglich Reiner fing sich irritierte Blicke ein, weil die Leute die Moderatoren zwar hörten, aber nicht sahen. Letztere konnten erst am Abend aus der Massenkarambolage befreit werden. Doch wer nun glaubte, Reiners Einsatz hätte ihm den Einstieg beim Sender verschafft, der wurde arg enttäuscht. Denn schon am nächsten Morgen ließen die Moderatoren durchblicken, dass sie Reiners Imitationsleistung weniger originell fanden, um nicht zu sagen, sie waren schockiert. Denn sie hatten ihren Ohren nicht getraut, als sie im Stau Radio hörten und ihre eigene Sendung verfolgten. Zuerst glaubten sie noch, man hätte einfach einen anderen Mitschnitt eingespielt, aber Tag und Uhrzeit stimmten exakt überein. Die Sendung schien live zu sein!

Von daher hatte die ganze Sache noch ein unrühmliches Nachspiel. Die Moderatoren verklagten Reiner wegen Urheberrechtsverletzung, weil durch seine Imitation Verwechslungsgefahr bestanden habe, weswegen die Verletzung eines

Markenrechts vorliege (die Sendung der beiden war marken-
rechtlich geschützt). Noch dazu sei die Sendung ein Plagiat
gewesen und es läge gemäß § 12 Urheberrechtsgesetz ein Eingriff in das ausschließliche Veröffentlichungsrecht des Urhe-
bers vor. Allerdings räumten die Anwälte eine Mitschuld des
Senders ein, der die Moderatoren hätte fragen müssen, ob sie
mit der Übernahme der Sendung einverstanden gewesen wären. Deshalb wurde lediglich eine Strafzahlung in Höhe von
10.000 Euro festgelegt. Womit Reiners Einstieg beim Sender
vereitelt war, um nicht zu sagen, Reiner war völlig niederge-
schlagen. Wo um alles in der Welt sollte er denn 10.000 Euro
hernehmen?

Reiner und der Boxkampf

Da traf es sich gut, dass zwei Tage später Dennis anrief, Reiners ehemaliger Schulfreund. Er war inzwischen ein erfolgreicher Boxer geworden und hatte gerade den Sprung ins Profi-
lager geschafft. Ein entscheidender Kampf stand an, vor dem
er großen Bammel hatte, weil er befürchtete, seinem Kontra-
henten, einem Boxer aus dem größten Land des Westens, nicht
gewachsen zu sein. Sollte er verlieren, wäre es mit der Profikarriere gleich wieder vorbei, weswegen ihm Reiner zum Sieg
verhelfen sollte. Als Reiner erzählte, dass er dringend 10.000
Euro bräuchte, meinte Dennis, das sei überhaupt kein Problem.
Im Falle eines Sieges bekäme er auf jeden Fall die 10.000 Euro
und noch einen Bonus dazu. Kurz darauf war der Deal perfekt.
Der Boxkampf fand in einer riesigen Halle statt. Etwa 10.000
Leute waren gekommen und saßen dicht gedrängt um den Ring

verteilt. Reiner bekam einen Platz ganz vorn in der ersten Reihe, gleich neben den Punktrichtern. Kaum hatte die erste Runde begonnen, sah sich Dennis schon in der Defensive. Inmitten von Schlägen seines Gegners, die wie ein Blitzgewitter niedergingen. Offenbar war der auf ein frühes K. o. aus und so, wie es aussah, würde das nicht lange auf sich warten lassen. Was verhängnisvoll gewesen wäre, weil Reiner dann nichts mehr für Dennis hätte tun können.

Wie zur Bestätigung dessen ging Dennis schon nach einer Minute zu Boden. Ohrenbetäubender Lärm erschallte von allen Seiten. Der Ringrichter hatte den Arm gehoben und Dennis versuchte krampfhaft wieder aufzustehen. Wankend, nur mit allergrößter Mühe, konnte er sich auf den Beinen halten. Dann ertönte der Gong und die erste Runde war vorüber. Sein Gegner, ein großer braungebrannter Kerl mit athletischem Oberkörper, riss kurz die Arme hoch, in Erwartung seines nahenden Triumphs, der nur noch eine Frage der Zeit zu sein schien.

Doch in der zweiten Runde kam Dennis besser auf. Er beschränkte sich jetzt nicht nur auf die Defensive, sondern teilte auch ordentlich aus. Nach dem Gong zur dritten Runde war er wie ausgewechselt und schon bald stand der Kampf auf Messers Schneide. Schließlich, in einer Phase, als es schon so aussah, der Dunkelhäutige würde wieder Oberhand gewinnen, passierte es, dass Dennis einen Wirkungstreffer kassierte und durch die Wucht des Schlags so gegen die Bande geschleudert wurde, dass er Kopf an Kopf mit seinem Gegenüber zusammenstieß. Diesen Moment nutzte Reiner aus, um den Dunkelhäutigen schachmatt zu setzen, der augenblicklich wie ein nasser Sack zusammenrutschte und am Boden liegen blieb.

Die Massen tobten, ja, die ganze Halle schien jetzt kopfzuste-
hen. Urplötzlich wechselte die Gunst des Publikums den Be-
sitzer. Jetzt, da der Dunkelhäutige am Boden lag. Mit letzter
Kraft versuchte er noch mal hochzukommen, doch schon im
nächsten Moment hatte ihn Dennis niedergestreckt. Diesmal
stand er nicht mehr auf und der Kampf war beendet. Dennis
wurde zum Sieger erklärt und die Halle tobte. Eine Minderheit
pfiff, aber die übergroße Mehrheit jubelte jetzt ihm zu.
Damit war Dennis' Profikarriere gerettet und Reiner erhielt
noch am Abend ein A4-Kuvert mit den ausgemachten 10.000
Euro zuzüglich Bonus.

Reiner und der Banküberfall

Gleich am nächsten Tag wollte er das Geld auf der Sparkasse
einzahlen. Er ging extra mittags hin, weil da nicht so viel Be-
trieb war. Gerade hatte er den Vorraum durchquert und sich an
einen der beiden Schalter angestellt (vor ihm war eine junge
Frau und neben ihm eine ältere Dame und ein Mann mit Krücken), als plötzlich ein Bankräuber hereingestürmt kam, einen
Schuss abgab und meinte, das sei ein Überfall. Alle mussten
sich auf den Boden legen (was bei dem Mann mit Krücken
etwas dauerte), die zwei Schalterangestellten die Hände hoch-
nehmen, wobei ein dritter angewiesen wurde, das Geld aus
dem Tresor zu holen und in einen blauen Sack zu werfen.
Während Reiner am Boden lag, überlegte er, wie er den Bankräuber zu Fall bringen könnte. Immerhin hatte er gerade erst
einen Boxchampion zu Fall gebracht. Doch in diesem Fall

klappte es nicht. Dafür fiel ihm etwas ganz Profanes auf, etwas ganz Simples. Er sah nämlich, dass der Räuber, der gerade damit beschäftigt war, am Tresen den blauen Sack aufzuhalten, auf einer schmalen Schmutzmatte stand, dessen anderes Ende zu Reiners Händen lag. Ein kurzer Ruck würde genügen, um ihn zu Fall zu bringen. Gedacht, getan … Schon im nächsten Moment war der Räuber seines Untergrunds beraubt, sodass er nach vorn rutschte und der Länge nach hinfiel. Dann ging alles sehr schnell. Vom Sturz benommen griff er nach seiner Pistole, die er fallen gelassen hatte. Doch Reiner war schneller. Er nahm die Krücke zu seiner rechten und schlug ihm damit die Pistole aus der Hand. Der Räuber ließ einen markerschütternden Schrei hören, wobei sich ein Schuss löste und die Pistole auf dem Parkettboden entlangschusselte, sodass Reiner sie ungehindert aufheben konnte. Als der Räuber sah, dass Reiner die Waffe erbeutet hatte, flüchtete er nach draußen. Reifen quietschten und in null Komma nichts war er hinter der nächsten Häuserecke verschwunden.

Was Reiner betraf, so wäre er an jenem Tag besser nicht auf die Sparkasse gegangen. Denn obwohl dem Geldinstitut ein Verlust in Höhe von 250.000 Euro erspart geblieben war – so viel wie der Inhalt des blauen Sacks –, bekam er weder eine Prämie dafür noch irgendeine Anerkennung, ganz im Gegenteil. Denn ein Querschläger aus der Waffe des Banditen hatte eine Schalterdame am Kopf verletzt, weswegen Reiner von der Gewerkschaft auf Schmerzensgeld verklagt wurde.

Sein Anwalt hielt diese Anschuldigung für haltlos, denn *wer einen gegenwärtigen rechtswidrigen Angriff von sich oder einem anderen abwendet*, handelt nach § 32 des Strafgesetzbuchs in

Notwehr. Doch das sah die Richterin aufgrund der Zeugenaussagen der Sparkassenangestellten anders. Ihrer Ansicht nach war das Ausmaß von Reiners Nothilfe so nicht erforderlich gewesen. Er sei damit zu weit gegangen und hätte sein Leben und das Leben Anderer nicht aufs Spiel setzen dürfen. Deswegen wurde er zu drei Monaten und zwei Wochen Gefängnis auf Bewährung verurteilt, zuzüglich eines Schmerzensgelds in Höhe von 10.000 Euro. Aber das war noch nicht alles. Denn als der Bankräuber von dem Urteil in der Zeitung las, nahm er sich einen dicken Anwalt und verlangte von Reiner ebenfalls Schmerzensgeld für seinen erlittenen Fingerbruch. Auch dem gab die Richterin statt, unter Berufung auf dieselben Tatumstände, und Reiner musste noch einmal 10.000 Euro für den Bankräuber zahlen (dass Letzterer die Bank überfallen hatte, spielte keine Rolle mehr, weil kein Schaden entstanden war – außer einem Loch in der Decke und einer zerschossenen Fußbodenleiste, wofür die Versicherung aufkam).

Damit war Reiners Anteil an der Siegprämie vollständig aufgebraucht, die Anwaltskosten in Höhe von 5.000 Euro inbegriffen (Dennis hatte ihm 25.000 Euro Bonus gegeben). Aber immerhin: Er kam mit plus/minus null aus der ganzen Sache raus.

Reiner geht auf Reisen

Als Reiner vierzig war, ging er auf Reisen. Besonders Ägypten, das Land der Pharaonen, hatte es ihm angetan. Vor allem deshalb, weil dort die Pyramiden von Gizeh standen, riesige Steinmonumente, die zu den sieben Weltwundern gehörten. Reiner war fasziniert von diesen Gebäuden. Nicht nur, dass sie besonders groß und hoch waren, ihre Perfektion übertraf alles, was nachfolgte. Gebaut zu einer Zeit, als die Mathematik noch gar nicht existierte. Sie bestanden aus Millionen Steinquadern, die so aufeinandergeschichtet waren, dass keine Rasierklinge dazwischen passte. Noch dazu waren manche so schwer wie vierzig Autos. Tausende Bauarbeiter, so hieß es, hätten jahrzehntelang an diesen Monumenten gearbeitet, die nichts anderes seien als große Gräber. Denn am Ende sollte darin ein Pharao begraben werden, auf dass seine Seele in den Himmel steige. Nur wurde in den Gizeh-Pyramiden nie etwas gefunden. Weder ein Pharao, noch Grabbeigaben oder Inschriften. Alles war anonym. Doch das verstieß Reiners Ansicht nach gegen die menschliche Logik. Es machte keinen Sinn, jahrzehntelang Geld und Arbeit in diese Bauwerke zu investieren, um dann der Nachwelt zu verschweigen, wer die Erbauer waren. Reiner konnte nicht glauben, dass die größte der drei Pyramiden nur deshalb Cheops-Pyramide genannt wurde, weil auf einem einzelnen Stein unter der Spitze sein Name geschrieben stand – mit Tusche! Wahrscheinlich, dachte Reiner, hat ihn der Entdecker, ein Offizier aus dem Vereinigten Königreich, selbst dorthin geschrieben, um in die Annalen einzugehen.

Aber wenn Gizeh keine Grabanlage war, was war es dann? Reiner spürte sofort, dass die Beantwortung dieser Frage nicht zusammenpasste mit dem, was an Schulen und Universitäten gelehrt wurde. Demzufolge hatte sich der Mensch geradlinig entwickelt – vom Urmenschen bis hin zum Menschen der Neuzeit. Doch in dieses Geschichtsbild passten die Pyramiden nicht hinein. Denn nur mit Holzrampen und Kupfermeißeln hätten die Ägypter diese Bauwerke nicht errichten können.

Reiner verstand nicht, wie Generationen von Ägyptologen immer wieder Szenarien entwarfen, die an den Haaren herbeigezogen waren. Nur damit nicht sein konnte, was nicht sein durfte. Hinzu kam, dass die Gizeh-Pyramiden nicht die einzigen Pyramiden waren. Überall auf der Welt gab es sie. Meist in Äquatornähe und sogar auf dem Grund der Ozeane. Im Reich der Mitte hatte ein Militärflieger nach dem zweiten großen Krieg eine Pyramide entdeckt, die doppelt so hoch war wie die Cheops-Pyramide. Diese Pyramide, so hieß es, sei viele Jahrzehntausende alt. Demzufolge konnte die Menschheitsgeschichte gar nicht einheitlich verlaufen sein, was Reiner im ägyptischen *Totenbuch* und der *Hermetica* bestätigt fand. Worin klar und deutlich geschrieben stand, dass einst Götter vom Himmel kamen, die der Raumfahrt mächtig waren und den Menschen nach ihrem Vorbild schufen.

Reiner nützt alles nichts

Als Reiner 50 war, hatten seine vielen Fähigkeiten immer noch nicht zum Erfolg geführt. Im Grunde nützten sie ihm nichts. Jeder andere hätte aus einem Bruchteil davon Kapital geschlagen, nur bei Reiner funktionierte es nicht. Er schrieb Bücher, die aber nur bei kleinen Verlagen erschienen, sodass sie schon von Haus aus kein größeres Publikum erreichten. Ganz abgesehen von den Themen, die er bediente. Mit seiner Musik war es nicht viel anders. Auch wenn die Kollegen meinten, seine Lieder wären Hits, sie kamen in den Charts nicht mal unter die ersten 100. Wahrscheinlich hätten sie noch hundertmal besser sein können, erfolgversprechender wären sie dadurch nicht geworden. Erfolg hatte man nur, wenn man das machte, was gerade angesagt war oder wenn man als Band jung genug war, um ein größeres Publikum anzusprechen.

Selbst einer seiner Kollegen, der ein angesagter DJ war (und der wusste, wie etwas klingen musste, damit es erfolgreich war), meinte, der Sinn für Melodien ginge immer mehr verloren, entscheidend seien Rhythmen und Riffs und der entsprechende Mix. Was also wollte Reiner machen? Er hatte nun mal ein Gespür für Melodien. Für ihn war es wichtig, dass Musik etwas Nachhaltiges transportierte, etwas, was im Ohr hängen blieb. Wenn er als Teenager aus dem Kino kam, konnte er meist zwei, drei Melodien nachsingen oder pfeifen. Für ihn war das immer ein Zeichen dafür, dass die Musik gut war, dass sie Originalität und Tiefe hatte. Heute war sie nur noch oberflächlich und banal. Sie ging da rein und dort wieder raus. Aber sie klang spitze. Es war so, als würden wunderschöne Frauen am laufenden Band Stuss erzählen und alle fänden es klasse, nur weil die Frauen so schön waren.

Deswegen ertappte er sich manchmal dabei, an allem zu zweifeln. Dann sah er sich als Falschfahrer, als Verrückten, der eigentlich im Unrecht war. Vielleicht, dachte er, war das, was er als schön empfand, und was ihm so heilig war, vielleicht war das nur eingebildet, antiquiert? Vielleicht war das alles ein Gespenst, ein Schatten, der bloß von ein paar Narren für die wahre Essenz gehalten wurde. Doch schon im nächsten Moment wusste Reiner, dass das nicht stimmte. Es ging nicht darum, Musik zu verteufeln, nur weil sie sich veränderte. Auch Architektur und Design veränderten sich im Laufe der Zeit und das war gut so. Es ging darum, dass Musik mehr war, als nur verschiedene Harmonien aneinanderzureihen.

Ähnliches erlebte Reiner bei der Zeitung, als er hoffte, vielleicht als Redakteur irgendwo unterzukommen. Er zog für ein Jahr in die Hauptstadt seines Bundeslandes, eine museale Stadt mit vielen Schlössern und Palästen, die an einem großen Fluss lag. Dort hatte er mit Chefredakteuren zu tun, die meinten, solche Leute wie er, die beschrieben, wie die Straßenbahn um die Ecke fährt, bräuchten sie nicht. Reiner konnte nicht glauben, wie jemand Chefredakteur war, der weder Sprachgefühl hatte noch Gespür für Semantik (das ist die Lehre von den Wortbedeutungen und damit auch die Lehre von den Satzzusammenhängen). Sie reihten einfach Sätze aneinander und irgendwann war der Artikel fertig. Punkt. Reiner erkannte, wie grottenschlecht diese Artikel waren, aber das nützte ihm nichts. Er war der Anfänger, sie die Chefredakteure. Er litt lediglich darunter, so wie die Intelligenten unter den Dummen litten.

Nach dem praktischen Jahr bei der Zeitung startete Reiner einen letzten Versuch, vielleicht doch noch mit seiner Musik zu Potte zu kommen. Er wandte sich an seinen DJ-Kollegen, in der Hoffnung, dass er ihm vielleicht irgendwie weiterhelfen könnte. Daraufhin vermittelte der DJ einen Termin bei seinem Programmierer, den er für einen hochkompetenten Mann hielt. Noch dazu würde er Bücher schreiben, die erfolgreich waren, obwohl er eigentlich gar nicht schreiben könne. Das versprach interessant zu werden.

Reiner und der Programmierer

Als Reiner beim Programmierer klingelte, öffnete ihm ein ganz normaler Typ mit Basecap. Er zeigte sich gut gelaunt und witzig, was bei jemandem, der so erfolgreich war, nahelag. Zunächst ging es um Musik und darum, was gerade in war. Wobei er Reiner das neueste Stück vom DJ vorspielte, das er programmiert hatte. Reiner fand es textlich gut gemacht, aber musikalisch flach. Es gab nur drei Harmonien, die immer in der gleichen Reihenfolge wiederkehrten, ohne irgendeinen B-Teil, geschweige denn einen Mittelteil.

Als Reiner das monierte, meinte der Programmierer, das sei so gewollt, denn mit einem B- oder Mittelteil würde man die Hörer nur verschrecken. Immerhin habe das Stück bereits Platinstatus, das seien 400.000 verkaufte Einheiten, also Downloads. Nun gut, dachte Reiner. Wenn er's sagt, wird's schon stimmen. Aber nachvollziehbar war das nicht. Das war so ähnlich, als hätte ihm der Programmierer gerade ein Kritzelbild seiner 4-jährigen Tochter gezeigt (die er nicht einmal hatte) und dazu gemeint, er habe dafür beim weltweit größten Auktionshaus 400.000 Euro bekommen. Mit anderen Worten: Reiner hatte sofort begriffen, dass es für ihn musikalisch nichts mehr zu melden gab (und seine Seele würde er nie und nimmer verkaufen), weswegen er das Thema wechselte und vom Programmierer wissen wollte, wie er denn um alles in der Welt zum Schreiben gekommen sei.

Ach was, antwortete der Programmierer mit einem schelmischen Lächeln. Das mache er alles mit einer App. Man tippe einfach seinen Text in das Programm ein und gebe ihm anschließend ein Buch zu lesen. Zum Beispiel Daniel Kehlmanns *Vermessung der Welt*. Der *Textperformer* würde dann das Buch analysieren, den Stil erkennen und ihn auf den eigenen Text anwenden. Fertig!

Reiner schüttelte den Kopf. Aber dann könne das doch jeder …

Natürlich, antwortete der Programmierer. Doch darum ginge es nicht. Es ginge darum, etwas zu erzählen, was die Leute interessiert. Man müsse nur wissen, was die Leute interessiert. Und wenn man's nicht weiß, müsse man sich ein Programm besorgen, das es weiß. Solche Programme gebe es. Und dann müsse man genau zum richtigen Zeitpunkt zuschlagen. Zum Beispiel genau in dem Moment, wo der Wirbelsturm Sandy sein Unwesen treibt, genau in dem Moment müsse man sein Buch über *Sandy* ins Netz stellen. Das funktioniere! Je mehr Leute man zu einem bestimmten Zeitpunkt erreiche, umso erfolgreicher sei man.

Reiner spürte, wie es ihm die Kehle zuschnürte.

Und irgendwann, fuhr der Programmierer fort, wären die Rechner so schnell, dass sie von allein zur richtigen Zeit die Texte versenden würden. So schnell könne man selbst gar nicht sein. Aber der Sinn eines Buches sei doch, etwas zu erzählen, entgegnete Reiner. Etwas, was ein Einzelner erlebt oder erdacht hat. Mit dem Ziel, es anderen mitzuteilen. So wie ein Maler ein Bild malt. Nicht umgekehrt.

Der Programmierer schüttelte den Kopf. Das könne er vergessen, meinte er forsch. Das sei vielleicht mal früher so gewesen. Heute müsse man zuallererst den Massengeschmack treffen. Das bedeute, man müsse wissen, was für ein Ereignis zu einer bestimmten Zeit x anstehe und was die Leute diesbezüglich interessiere. Das wiederum ließe sich berechnen. Und wenn der richtige Zeitpunkt gekommen sei, müsse man zuschlagen. Entscheidend sei das Management. Alles müsse perfekt getimet sein. Nicht anders sei es an der Börse. Dort würden die schnellsten Programme über Erfolg und Misserfolg entscheiden. Diejenigen, die sie hätten, verdienten ein Vermögen damit!

Reiner machte einen Mund wie ein Karpfen. Er wollte etwas sagen, doch es kam kein Wort heraus.

So sei es mit allem, fuhr der Programmierer fort. Irgendwas von der eigenen Warte aus zu schreiben, interessiere heut niemanden mehr. Man müsse von der Warte der Leute aus schreiben.

Reiner schüttelte den Kopf. *Verrückte Welt*, sagte er.

Verrückt, aber normal, entgegnete der Programmierer. Das sei nun mal die Welt, in der sie lebten.

Schöne neue Welt, sagte Reiner leise, halb zu sich selbst.

Ob er denn bei Twitter sei, fragte der Programmierer.

Reiner schüttelte den Kopf. Er sei auch nicht bei Facebook.

Diesmal schüttelte der Programmierer den Kopf. Er verstand nicht, dass Reiner keine Freunde hatte, keine Follower.

Reiner indessen wusste mit dem Ausdruck *Follower* nichts anzufangen.

Aber er müsse doch Follower haben, die ihn liken, verstand der Programmierer nicht.

Reiner verneinte. Schließlich sagte er, er habe nur zwei, drei richtig gute Freunde. Mehr nicht.

Jetzt wusste der Programmierer nicht mehr, was er sagen sollte. Er schüttelte unentwegt den Kopf und meinte, das sei völlig unnormal. Schon jetzt sei jeder Verein, der was auf sich halte, an der Börse und irgendwann würden alle an der Börse sein. Dann gebe es nur noch eine einzige große Börse und ...

Wahrscheinlich würden dann diejenigen was Besonderes sein, warf Reiner ein, die nicht an der Börse seien oder im Fernsehen.

Der Programmierer verzog mitleidig das Gesicht und meinte, das glaube er nicht.

Und die Androiden, setzte er hinzu, würden eines Tages besser sein als wir. Sie würden in Vorstandsetagen sitzen, in der Politik und irgendwann würden sie ...

Nein, unterbrach Reiner und machte den Satz zu einer Ellipse. *Das werden sie nicht!* Jedenfalls nicht, solange er lebe. Er bedankte sich für die Auskunft und meinte, sie sei sehr interessant gewesen. Er glaube, er müsse jetzt geh'n!

Reiner und die besseren Gene

Abgesehen von der rasanten technischen Entwicklung, die der Programmierer vorausgesagt hatte, war Reiner natürlich auch aufgefallen, dass die jungen Leute heute alle besser aussahen als früher. Sie waren einfach mondäner, schöner und cooler als je zuvor. Nach außen hin zumindest. Die jungen Mädchen sahen schon in der Schule so aus, als wären sie kleine Divas und beim Schulausflug einer 10. Klasse konnte man glatt den Eindruck gewinnen, es handele sich um den Betriebsausflug eines Bordells. Aber auch die Jungs sahen aus wie kleine Popstars, wie Klone von Brad Pitt oder George Clooney. Inzwischen war das ganz normal. Doch wohin sollte das noch führen? Vielleicht hatte der Programmierer recht, der gesagt hatte, es würden demnächst die Androiden kommen und sie würden den Menschen aus seinen angestammten Positionen drängen. Weil sie einfach besser seien. Viel schneller, leistungsfähiger und cooler.

Wobei … Gegen die coolen Mädchen hatte er ja nichts einzuwenden. Ganz im Gegenteil. Rein äußerlich entsprachen sie genau dem Typ, den er sich in jungen Jahren gewünscht hatte. Doch damals musste man sie mit der Lupe suchen (was Reiner ja auch getan hatte, wenngleich der Erfolg – wie immer – nicht von Dauer war). Und jetzt, wo er nicht mehr danach suchte, waren sie auf einmal da. An jeder Ecke! Es war, als wär er seiner Zeit um fünfundzwanzig Jahre voraus. Vielleicht bedeutete das, so dachte er weiter, dass er in fünfundzwanzig, dreißig Jahren gar kein Sonderling mehr wäre, wie jetzt. Vielleicht gäbe es dann schon viel mehr Menschen, die so dachten wie er. Das hatte etwas ungemein Tröstliches. Oder aber es waren dann schon die Androiden da und der Planet wäre fest in ihrer Hand. Vielleicht hatte man bis dahin die Atmosphäre chemisch umgewandelt, sodass man das Wetter beherrschte und mit ihm die Menschen. Vielleicht funktionierte es bis dahin schon, dass man Gehirne über *smart dust* steuerte, über winzig kleine Sensornetze. Dass man Zugriff hatte auf globale Emotionen und Affekte. Niemand würde es merken. Es würden einfach nur ein paar Leute über andere herfallen und sich die Köpfe einhauen und niemand würde wissen, was dahintersteckte. Es wäre eine *Welt am Draht*, in der alle das Gefühl hätten, so frei zu sein wie nie. Menschen würden sich freiwillig Chips implantieren lassen, weil sie dann noch freier sein könnten. Alles wäre bequemer als je zuvor und ginge ganz easy über die Bühne. Das neue Modewort wäre dann *easy* anstelle von *cool*, denn bis dahin wäre jeder total cool, sodass das nichts Besonderes mehr wäre. Auch Bargeld gäbe es nicht mehr, weil alles ganz diskret abliefe. Es wäre eine supercoole Welt der Technik, eine Welt des Mainstreams, in der es nur noch Mitläufer gäbe, nur noch gleichgeschaltete Autisten, die sich ihre Facebookprofile um die Ohren hauten. Eine *Toys 'R' Us*-Gesellschaft für Erwachsene, in der sich das Menschsein über Massenpsychosen definierte, wie zu anderen Zeiten der Narzissmus. Jeder würde bereitwillig Schlange stehen und sich mit Sensornetzen verkabeln lassen. Allein das Wort *Sensornetzwerk* würde jedem Weltenbürger vor Entzücken jauchzen lassen. Und einige Wenige würden nicht minder frohlocken: *So muss Technik!** Man konnte es nicht wissen.

Reiner und die DNS

Vielleicht stimmte es sogar, dass Menschen nichts anderes waren, als genmanipulierte Aliens, die man gewissermaßen als Arbeitsbienen programmiert hatte, nur zu dem Zweck, ihren Erschaffern zu dienen. Dafür sprach die Tatsache, dass einzelne Menschen mentale Fähigkeiten an den Tag legten, von denen andere träumten, während die große Mehrheit nur über die Fertigkeiten verfügte, die nötig waren, um den gesamten Staat am Laufen zu halten. Was war mit der menschlichen DNS, von der nur ein Bruchteil aktiv war?

---

* Werbeslogan eines Technikanbieters aus den 2020er Jahren

In der Schule hatte Reiner gelernt, was unter DNS zu verstehen war. Die Abkürzung steht für *Desoxyribonukleinsäure*. Sie ist ein Biomolekül und kommt in allen Lebewesen vor. Das Besondere daran ist, dass dieses Molekül die Erbinformation enthält, also die Gene, die ihrerseits alle verschlüsselten Informationen zur Herstellung von Eiweiß enthalten. Eiweiße sind lebensnotwendig, weil sie einerseits den Zellstoffwechsel bestimmen, andererseits die Entwicklung des gesamten Lebewesens.

Doch was Reiner nicht verstand war die Tatsache, dass nur ein winziger Teil der DNS für die Eiweißbaupläne zuständig war, während der übrige Rattenschwanz angeblich Datenmüll enthielt. Bis sich herausstellte, dass ebendieser Datenmüll dafür zuständig ist, welche Gene aktiv sind und welche nicht.

Das alles passte zur Legende der *Anunnaki*, die in grauer Vorzeit hier gelandet waren und den Menschen nach ihrem Vorbild schufen. Nur mit dem Unterschied, dass er sich seiner selbst nicht bewusst sein durfte, weil er als Arbeitssklave herhalten sollte. Angeblich – und auch davon hatte Reiner gehört – würden sie bis heute ihre Macht ausüben und mit den Herrschern des mächtigsten Landes der Welt unter einer Decke stecken. Ein Indiz dafür – dummerweise auch noch ein zwingendes – lieferte die Mondrückseite, auf der sich Dinge befanden, die dort nicht hingehörten. Sie erinnerten an spezielle Bauten der mächtigsten Nationalen Sicherheitsagentur der Welt, nur gigantischer. Wenn es so war, dann wäre das die größte Verschwörung aller Zeiten. Eine Verschwörung galaktischen Ausmaßes!

Reiner und der Papagei

Vielleicht war aber alles nur ein Spiel. So ähnlich wie ein Computerspiel. Dabei musste Reiner an einen Traum denken, den er einmal gehabt hatte, in dem es um einen bunten Papagei ging, der in einem Käfig saß. Er träumte, wie er ganz dicht an den Käfig herantrat, um den Papagei aus der Nähe zu betrachten, als der auf einmal nach ihm schnappte. Von einer Sekunde zur anderen war Reiner hellwach, weil er vor Schreck die Hand zurückgezogen hatte. Der imaginäre Papagei hatte also einen Reflex ausgelöst, als ob ein echter Papagei nach ihm geschnappt hätte. Das bedeutete – und die Konsequenz war Reiner sofort klar –, dass das Gehirn keinen Unterschied machte zwischen Wirklichkeit und Fiktion. Es war ihm auf gut deutsch scheißegal, ob das Erlebte echt war oder nur Einbildung. Das bedeutete, man könnte jemandem Erinnerungen einpflanzen und der Betreffende würde glauben, er hätte das, woran er sich erinnerte, selbst erlebt. Ebenso könnte man Gedächtnisinhalte löschen.

Später hatte sich Reiner vorzustellen versucht, wie es wäre, wenn man ein Computerspiel programmieren würde, das von der Wirklichkeit nicht zu unterscheiden war. Das wär so ähnlich wie beim *Turingtest*, bei dem eine Maschine als intelligent gilt, wenn ihre Kommunikation nicht von der eines Menschen zu unterscheiden ist. Was wäre dann? Wir würden gar nicht mitbekommen, dass wir in einer generierten Scheinwelt lebten. Dann wäre unser Universum nur ein Scheinuniversum und wir selber wären nur Figuren in einem Echtzeit-Strategiespiel, programmiert von höheren Wesen. So ähnlich wie bei *Clash of Clans.* Dafür sprach die Tatsache, dass das Universum flach war, dass der Raum also konstruiert war. Das bedeutete, dass unsere Welt eigentlich auf ein großes Blatt Papier passte und selbst dieses Blatt Papier konnte man noch mal zusammenfalten und auf einen Punkt reduzieren. Im Grunde genommen – das hatte man schon herausbekommen – fand gar keine Bewegung statt. Reiner erinnerte das an einen Computer, auf dem gerade ein Computerspiel läuft. In dem Computer findet ja auch keine Bewegung statt. Die Bewegung wird von der Grafikkarte erzeugt, das heißt, sie ist komplett simuliert.

Reiners letzter Gedanke

So oder so, Reiner war sich sicher, dass es Zivilisationen geben müsste, die nicht nur mehrere Zehntausend Jahre alt waren oder mehrere Hunderttausend Jahre, sondern dass es sogar welche geben müsste, die Millionen Jahre alt waren. Sie würden längst übers Universum Bescheid wissen, würden wissen, dass Raum und Zeit und sogar die Gravitation nur Illusionen sind. Sie würden wissen, wie man aus Gedankenkraft reale Welten erschafft und vielleicht gehörte die seine schon dazu. Er versuchte sich vorzustellen, wer in dem riesigen Raumschiff gesessen hatte, das einmal minutenlang über einer Stadt jenseits des großen Teichs in der Luft schwebte. Es soll so groß gewesen sein wie mehrere Fußballfelder. Tausende Menschen hatten es gesehen, bevor es blitzschnell und lautlos wieder verschwand. Es mussten Wesen einer Typ 3-Zivilisation gewesen sein, die dem Planeten eine Stippvisite abgestattet hatten. Vielleicht, dachte

Reiner, war das so alltäglich, wie wenn man im Netz ein Musikvideo anklickt und da und dort mal reinschaut.

Und je mehr sich Reiner in die Kollegen der Typ 3-Zivilisation hineindachte, umso mehr leuchtete ihm ein, was der Sinn des Universums sein könnte. Ja, auf einmal war ihm klar, was das Ziel allen Seins war. Allen Seins in der materiellen Welt wohlgemerkt, denn dass es auch geistige Welten geben musste, die in höheren Sphären existierten, stand für ihn außer Frage. Dabei dachte er an seine eigene Entstehung, nämlich daran, dass er nur entstanden war, weil eine Samenzelle seines Vaters die Eizelle seiner Mutter befruchtet hatte. Eine von 300 Millionen! Dann stellte er sich vor, wie viele Menschen je auf Erden gelebt hatten und dass ihre Entstehung seiner eigenen glich wie ein Ei dem anderen. Und schon hatte er den Bogen gespannt bis in kosmische Fernen. Denn wenn es stimmte, dass jeder fünfte Stern einen erdähnlichen Planeten besaß, dann kämen allein in der Milchstraße über 40 Milliarden zusammen und selbst wenn man annahm, dass davon nur jeder tausendste bewohnt war, dann waren das immer noch 40 Millionen. Bezogen auf alle Sternsysteme, so dachte Reiner weiter, müsste man diese Zahl mit 200 Milliarden multiplizieren, wobei eine Zahl herauskäme, die nicht mehr vorstellbar wäre. Ganz zu schweigen von Milliarden anderer Universen, die nebeneinander existierten wie Schaum in der Wanne, deren Zahl man ein weiteres Mal mit der unvorstellbar großen Zahl multiplizieren müsste, sodass die Zahl, die dann dabei herauskäme in etwa die Anzahl der Zivilisationen ergäbe, die beim interkosmischen Wettrennen an den Start gingen. Vielleicht, so spann Reiner den Faden weiter, würde am Ende nur eine einzige von ihnen den Weg finden zu ihrer wahren Bestimmung, nämlich sich selbst zu erkennen und neues Leben zu erschaffen, so wie sich eine einzige Samenzelle den Weg unter 299 Millionen, 999 Tausend und 999 anderen bahnt.

Nur was den eigenen Planeten betraf, der nach außen hin so schön war und wo das ständige Fressen und Gefressen Werden an der Tagesordnung war, da hatte Reiner manchmal das Gefühl, als sei das ganz absichtlich so.
Vielleicht profitierten andere von all den negativen Energien. So wie Menschen sich Karpfenteiche anlegen, nicht etwa, damit die darin enthaltenen Karpfen Spaß haben, sondern um sie zu verspeisen.
Das erinnerte ihn an einen berühmten Philosophen, der immer einen Pudel an seiner Seite hatte und der als größter Pessimist aller Zeiten galt. In seinem Hauptwerk *Die Welt als Wille und Vorstellung* ging es unter anderem darum, dass das vorherrschende kosmische Prinzip der Weltenwille sei. Ein zutiefst egoistisches Prinzip, das vergleichbar war mit dem menschlichen Egoismus.
Kein Wunder also, dass sich Reiners feine Schwingung im Kanon der kosmischen Schwingungen nicht durchsetzte. Das war so wie bei einem Radio, wo man nur die stärksten Sender empfangen konnte. Von daher wäre das, was Reiner gebraucht hätte, um überhaupt Gehör zu finden, eine Art Frequenzverstärker. Doch dann – und das war ihm durchaus bewusst – wäre seine Frequenz nicht mehr die gewesen, die ihn ausmachte. So wie eine verstärkte *kafkaeske* Schwingung nicht mehr kafkaesk wäre.

Wenn er sich also treu bleiben wollte – und das wollte er –, dann hatte er keine andere Wahl, als mit sich und der Welt Frieden zu schließen und letztlich auf sie zu pfeifen. Sollten die anderen ihre Elitepartner finden, zu Erfolg und Reichtum gelangen, sich bei Facebook wichtigtun und 2000 Freunde haben ... Er war bereit, dem ewigen Karussell der Eitelkeiten zu entsagen. Sicher würde es irgendwo Welten geben, in denen andere Gesetze herrschten. Aber für diese Welt war er nicht gemacht. Nicht für dieses Universum!

Worauf ihm der Spruch einfiel, *ich denke, also bin ich!*

Ich denke, also bin ich? dachte Reiner. Doch schon im nächsten Moment kamen ihm Zweifel. Irgendetwas stimmte an dem Satz nicht. Da fehlte was:

*Ich denke, also bin ich **hier falsch!***

Das war sein letzter Gedanke.

Schluss

Gleich nachdem Reiner diesen Gedanken gedacht hatte, war er mitsamt des Gedankens verschwunden. Ja! Er war einfach von der Bildfläche verschwunden. So, als ob er sich in Luft aufgelöst hätte. Zumindest war er nicht mehr in der Welt, in der er eben noch gewesen war, und selbst ich als Erzähler dachte schon, er sei für immer aus dem Nirgendwo entwichen. Doch es sollte anders kommen.

Als Reiner die Augen öffnete, fand er sich auf einer Wiese wieder, die zuvor nicht dagewesen war. Er glaubte, er müsse gefallen sein, aber er konnte keine Anzeichen eines Sturzes entdecken. Auch mit dem Licht stimmte etwas nicht. Zwar konnte er am Himmel etwas erkennen, das wie eine Sonne aussah, doch es war nicht die Sonne, die er kannte. Aber es war angenehm warm und es wehte eine leichte Brise. Und noch während er überlegte, wo er war, tippte ihm jemand von hinten auf die Schulter.

Reiner fuhr herum und es war, als würde er aus einem Traum erwachen. Vor ihm stand Maria.

Heilige Jungfrau! platzte er heraus. Dann umarmten sie sich wie zwei Königskinder.

Ob er im Himmel sei, wollte Reiner wissen. Doch Maria lachte nur und meinte, sie seien auf der Erde.

Aber irgendwas sei anders, bemerkte Reiner.

Ganz anders, entgegnete Maria und küsste ihn wie einen entzauberten Prinzen.

Dann erzählte sie ihm die ganze Geschichte. Dass sie damals verschwunden sei, weil er noch nicht reif war für ihre Welt. Dass sie in einer Zivilisation lebe, die sich vor Jahrtausenden ins Erdinnere zurückgezogen habe. Das Wissen, über das sie verfüge, sei uralt, sodass sie auch Raumschiffe hätten, die eigene Schwerkraft erzeugten und lautlos seien, weil sie natürliche Kräfte nutzten, statt zu versuchen, sie zu überwinden. Man lebe hier in kleinen Gemeinschaften und jeder hätte Anspruch auf ein Haus und ein Stück Land. Alle lebten im Sein und nicht im Haben. Von daher gebe es kein Geld, keine Machtgebilde oder Kriege. Auch keine Krankheiten. Niemand tue irgendetwas aus Zwang, nur um seinen Lebensunterhalt zu verdienen. Alles geschehe freiwillig und jeder besäße das, was er brauche. Dies sei keine Utopie, sondern die Wahrheit. Der Mensch sei eigentlich ein freies und selbstbestimmtes Wesen. Doch in grauer Vorzeit seien Außerirdische gekommen, die den Menschen versklavt hätten. Auch heute noch lebe er fernab von seiner wahren Bestimmung in einer seelenlosen, technisierten Welt. Um all die seelenlosen Dinge zu bekommen, müssten die Menschen ein Leben lang hart arbeiten wie Sklaven. Verantwortlich dafür sei ein menschenverachtendes Geldsystem, das seit Jahrhunderten die Völker entzweie und das von einer privaten Zentralbank kontrolliert werde, die allein die Geschicke der Welt bestimme. Die öffentliche Meinung werde von einer regelrechten Meinungsindustrie bestimmt, die sich im Besitz der Gelddiener befände. Dadurch hätten die Menschen das eigenständige Denken verloren und seien Sklaven auch im Denken, weil sie gar nicht merkten, dass die Gedanken, die sie denken, gar nicht ihre eigenen sind, sondern die, die das gesellschaftliche System hervorbringe. Nirgendwo sonst im Universum gebe es so viel Habgier, Hass und Mord.

Eine Pause entstand.

Reiner wollte etwas sagen, doch er war außerstande, auch nur einen Laut hervorzubringen. Marias Worte waren die Wahrheit und im Grunde seiner Seele wusste er das. Er wusste, dass sie seine Meisterin war. Und ein Engel, der erschienen war, ihn zu erlösen.

Eine Träne rollte über seine Wange.

Er war angekommen. Zusammen mit Maria im Garten Eden! Wo er der sein konnte, der er war, der er ist und der er immer sein wird. Nämlich Reiner, sonst keiner.